LE MEDISANT,

COMEDIE.

En Vers, & en cinq Actes.

Par Monsieur NERICAULT DESTOUCHES.

Le prix de 25 sols.

A PARIS,

Chez FRANÇOIS LE BRETON, au bout du Pont-Neuf, proche la ruë de Guenegaud, à l'Aigle d'Or

M. DCCXV.

Avec Approbation & Privilege du Roy.

A SON ALTESSE SERENISSIME MADAME LA DUCHESSE DU MAINE.

DIGNE sang des plus grands Monarques,
Vous en qui la faveur des Cieux
Fait admirer mille Dons précieux;
Vous que doit épargner la cruauté des Parques,
Si nos vœux peuvent être exaucez par les Dieux,
Princesse, descendez de vôtre rang suprême
Pour écouter un jeune nouriçon
Des neuf Muses & d'Apollon,
Et daignés l'enhardir vous-même
A vous offrir un foible Don.
Vous ne sçavez que trop qu'il n'est plus de Corneilles,

Que Racine est dans le tombeau,
Que Moliere en mourant a brisé son pinceau ;
Et si ce tribut de mes veilles
N'est pas un chef d'œuvre nouveau,
Songez que la nature avare de merveilles
Ne produit pas à tous moments
Ces sublimes esprits dont les rares ouvrages
De l'immortalité sont d'infaillibles gages :
Il faut s'accommoder au temps.
Pour moy qui marche sur leurs traces,
Mais qui les suis de loin, & toûjours chancelant,
Je crains à chaque pas de fatales disgraces,
Je vois le précipice, & le vois en tremblant.
Je pourrois cependant d'une course rapide
Affronter la tempête, & craindre moins l'écueil ;
Déja plus d'une fois, à ma Muse timide
Vous avez fait un doux accueil :
Vos éloges ont dû l'enfler d'un juste orgueil :
Elle n'ignore pas que le Dieu du Permesse,
Les neuf Sœurs, & Minerve ont unis leurs efforts
Pour remplir vôtre esprit de leurs rares Trésors,
Et que vous possedez cette immense richesse.
Qu'outre mille Vertus que votre auguste rang
Fait éclater du Couchant à l'Aurore,

Vous faites admirer encore
Une sincerité digne de vôtre sang.
Qu'ainsi par une Loy qu'en tous leux on observe
Vos Jugemens sont toûjours confirmez,
Et que tout mortel sains reserve,
Doit estimer ce que vous estimez.
Ouy, de si justes droits animent mon courage.
Que pourront en effet m'objecter mes Censeurs?
Vous m'avez accordé vôtre auguste suffrage,
Et pour m'en faire mieux ressentir les douceurs,
Après avoir applaudi mon Ouvrage,
Vous permettez qu'aux yeux de l'Univers
Je vous en fasse un humble hommage;
C'est immortaliser, & mon nom, & mes vers.
D'ailleurs, oserai-je le dire?
Je fais la guerre aux défauts des humains,
Et les portraits qui partent de mes mains
Ont pour objet celuy de les instruire
Par les traits égayez d'une vive satire.
Je tâche à pénétrer les replis de leurs cœurs,
J'attaque ouvertement les modes & les mœurs.
C'est cet objet plaisant, autant qu'il est utile,
Qui vous fait approuver mes penibles travaux;
Exempte de tous les defauts,

EPITRE.

Vous voulez que l'homme indocile
Soit corrigé des siens, sans faste & sans aigreur;
Qu'il goûte en s'instruisant une douceur extrême,
Et trouve dans le plaisir même
Ce qui peut redresser son esprit & son cœur.
Tels sont aujourdhui les miracles
Que font chez nous nos innocens spectacles.
D'un CURIEUX IMPERTINENT.
Que tout allarme, à qui tout fait ombrage,
J'ai tracé la naïve & ridicule image;
J'ai tâché, même en badinant,
A faire d'un INGRAT la peinture odieuse,
Et d'une main laborieuse
J'ai rassemblé les traits d'un esprit chancelant,
D'un homme Irrésolu *qui toûjours delibere,*
Et qui s'aveugle en tout à force de lumiere.
J'attaque ainsi le cœur & l'esprit tour à tour,
Par le nouveau portrait que je vais mettre au jour
Aux MEDISANS je déclare la guerre,
Peste maudite, & fleaux de la terre,
Esprits pernicieux dont le malin effort
Voulant faire haïr tous les objets qu'on aime,
Détruit le plus parfait accord,
Et noircit l'innocence même,

EPITRE.

Pour arracherdes Cœurs ce penchant odieux,
J'ai ranimé l'effort de ma Muse endormie;
Procurez à ses soins un destin glorieux,
Vous de la Médisance implacable ennemie;
Vous qui par vôtre exemple, ainsi que par vos loix
L'avez de vôtre Cour à jamais exilée;
Et puisse mon ouvrage être d'un si grand poids,
Qu'en tous lieux desormais honteuse & desolée,
Ainsi qu'auprés de vous, elle perde la voix.

NERICAULT DESTOUCHES.

ACTEURS.

LE BARON.

LA BARONNE.

MARIANNE, Fille du Baron.

VALERE, Frere de Marianne.

DAMON, Amant de Marianne.

LEANDRE, Amant de Marianne.

LE MARQUIS de Richeſource, autre Amant de Marianne.

ISABELLE, Sœur de Richeſource.

LYSETTE, ſuivante de Marianne.

JAVOTTE, ſuivante d'Iſabelle.

LE MARQUIS, Pere de Leandre.

FRONTIN, valet de Leandre.

UN ESCUYER.

SIX LAQUAIS.

La Scene eſt à Paris dans la Maiſon du Baron.

LE MEDISANT
COMEDIE

ACTE I.

SCENE PREMIERE.

LE BARON. LA BARONNE.

LE BARON,

H bien, ſur ce ſujet n'ayons point de querelle,
Ouy ma femme, autrefois vous fûtes jeune & belle,
Et grace à vos vertus, le lardon ſcandaleux
Ne m'a point mis au rang des époux malheureux,
Ou ſi mon front par vous a reçû du dommage,
Je l'ignore, & pour moy c'eſt un grand avantage.

LA BARONNE.

Comment donc, vous doutez ? . . .

LE BARON.

Ah point d'emportement,

Je m'en vais vous parler plus positivement,
Et je protesterai, s'il le faut, pour vous plaire,
Que je suis seul exempt du malheur ordinaire;
Mais par vous cet honneur est mis à trop haut prix,
Et je suis moins heureux que les autres Maris.

LA BARONNE.

Quoi le plaisir d'avoir la femme la plus sage....

LE BARON.

Il n'est plus question de sagesse à vôtre âge;
Ou celle dont il faut vous piquer à present,
C'est d'avoir un esprit facile & complaisant,
Et d'adoucir par là le poids de ma vieillesse.
Mais vous contrariez & querellez sans cesse,
Jamais sur aucun fait, nous ne sommes d'accord.

LA BARONNE.

Non, j'ai toûjours raison; vous avez toûjours tort.
Devant tout l'Univers je le ferai connoître.

LE BARON.

En un mot comme en cent, je veux être le maître,

LA BARONNE.

Et moy je veux qu'ici tout se fasse à mon gré.

LE BARON.

Le pouvoir d'un Mari doit être reveré;

LA BARONNE.

Le pouvoir d'une femme est plus considerable,
Lorsque la femme en tout est la plus raisonnable.

LE BARON.

Et le prouvez-vous bien en voulant que Damon
Epouse Marianne? Il seroit...

LA BARONNE.

Pourquoi non?

LE BARON.

Outre qu'il a besoin d'une riche alliance,
Le croyez-vous au fond digne de sa naissance?
Jamais homme ne fut plus dangereux que lui,
Il donne un mauvais tour aux actions d'autrui,
Tout le monde est en butte à ses traits satyriques,
Et l'on craint en tous lieux ses malignes critiques.

Ses amis, s'il en a, n'en peuvent être exempts,
D'autant plus dangereux dans ses traits médisans,
Qu'il cache son poison & sa langue traitresse
Sous les dehors trompeurs d'une humble politesse.
Fi, vouloir que ma Fille accepte un tel Epoux,
C'est prétendre introduire une peste chez nous.

LA BARONNE.

Eh vous le haïssez faute de le connoître;
Mais pour moi qui sçais mieux tout ce qu'il en peut être,
Je soutiens...

LE BARON.

Eh morbleu je le connois trop bien;
Depuis qu'il est chez nous, je n'y connois plus rien,
Contre moi, ses discours vous aigrissent sans cesse,
Nos enfans n'ont pour nous ni respect, ni tendresse,
Moi-même, il me prévient si souvent contre vous,
Que je ne puis vous voir sans me mettre en courroux,
Et qu'à tous les instans nous nous broüillons ensemble:
Des traits aussi marquez auroient dû ce me semble,
Vous le faire haïr autant que je le hais,
Et remettre entre nous l'union & la paix,
Mais de vôtre amitié c'est en vain qu'il abuse,
Il a toûjours raison, & c'est moi qu'on accuse.

LA BARONNE.

Donnez à mes desseins un plein consentement,
Et vous verrez bientôt qu'il n'est point...

LE BARON.

Non vraiment;
Je ne le donnerai sur aucun Mariage,
Que lorsque de ma fille il aura le suffrage,
Il faut la consulter.

LA BARONNE.

La consulter? Pourquoi
Monsieur? Prit-on le soin de me consulter moi
Lorsqu'il fut question de nous unir ensemble?

Je veux que sur cela ma Fille me ressemble ;
Je ne vous aimois point ; cependant j'obéïs ,
Et ma Fille prendra celui que je choisis.

LE BARON.

Ouy , puisque vous parlez avec cette insolence,
Je vais avec rigueur user de ma puissance ,
Et pour en revenir à mon premier dessein ,
Marianne au Convent entrera dés demain.

LA BARONNE.

Au Convent ? Nous verrons.

LE BARON.

Taisez-vous.

LA BARONNE.

Moi me taire?
J'aimerois mieux mourir.

LE BARON.

Vous ne pourriez mieux faire.

LA BARONNE.

Quoi vous avez le front de me traiter ainsi ?

LE BARON.

Par la mort. . . .

SCENE II.

LE BARON, LA BARONNE, LISETTE.

LYSETTE.

EH bon Dieu , quel desordre est-ceci ?
On vous entend crier du milieu de la ruë ,
Pour mettre les hola je suis vîte accouruë ;
Ne finirez-vous point ?

LE BARON.

Je changerai de ton,
Si-tost que j'aurai mis ma femme à la raison.

LYSETTE.

Bon ! c'est lui déclarer une guerre éternelle.

LA BARONNE.

Je n'en démordrai point.

LE BARON.

La maudite femelle !

LA BARONNNE.

Le vieux fou !

LE BARON.

C'est ainsi que je suis respecté ?

LA BARONNE.

Je ne reconnois point ici d'autorité.

LE BARON.

Que maudit soit celui qui fit nôtre assemblage.

LYSETTE.

Admirables effets des nœuds du Mariage !
Quelle docilité ! quel doux rapport d'humeurs !
Allons, dites vous donc encor quelques douceurs.

LE BARON.

Ah treve, s'il vous plaît, à la plaisanterie ;
Je ne suis point d'humeur d'entendre raillerie.

LA BARONNE.

Ni moi : de tout ceci je veux avoir raison,
Ou je vais sur le champ deserter la Maison.

LYSETTE.

Ça, de quoi s'agit-il ? D'où vient vôtre querelle ?
N'est-ce pas au sujet de Marianne ?

LE BARON.

Ouy, d'elle.

LYSETTE.

Eh bien ?

LE BARON.

Nous avons mis en question d'abord
S'il faloit l'envoyer au Convent.

LYSETTE.

C'est à tort
Que vous déliberez sur un sujet semblable.

LE BARON.

Et pourquoi, s'il vous plait, je vous trouve admirable.

LYSETTE.

Pour vingt raisons au moins.

LE BARON.

Vingt raisons ?

LYSETTE.

Tout autant.

LE BARON.

Sçachons donc ...

LYSETTE.

Je m'en vais vous les dire à l'instant.
La premiere est, Monsieur, qu'elle n'en veut rien faire.

LE BARON.

Ma Fille n'iroit pas au Convent pour me plaire ?

LYSETTE.

Oh, pour celui-là non. Sur tout autre sujet
Vos ordres, j'en suis sûre, auront un plein effet,
Elle agira toûjours en Fille obéïssante,
A l'égard du Convent, elle est vôtre servante.

LE BARON.

Et quoi, si j'en ai pris la résolution ? ...

LYSETTE.

Il ne lui manquera que la vocation
Et que la volonté; sans cela je vous jure
Que la chose seroit fort aisée à conclure.

LE BARON.

Mais l'a-t-elle dit ?

LYSETTE.

Non; j'en juge par ses yeux.

LE BARON.

Par ses yeux ?

LYSETTE.

Ouy, vraiment. Dame ils parlent des mieux,
Et vous ont dit cent fois ...

LE BARON.

Quoy ?

LYSETTE.

Qu'elle n'est point faite
Pour l'éternel ennui d'une austere retraite,
Et qu'elle incline fort à la societé.

LA BARONNE.

Je le crois ; & de plus, c'est la ma volonté.

LYSETTE *à la Baronne*.

Quoi, c'est vous qui voulez qu'elle soit mariée ?

LA BARONNE.

Ouy, moi.

LYSETTE.

Sur ce pied là, l'affaire est decidée.

LE BARON.

Comment donc, decidée ?

LYSETTE.

Ouy, cela passera.
Un Mari contredire une femme ?

LE BARON.

On verra . . .

LYSETTE.

Cela critoit vangeance ; Allons, Monsieur, courage,
Il faut que nous tâtions un peu du Mariage.

LE BARON.

Eh bien soit, sur ce point je veux bien vous ceder.

LYSETTE.

Ah voila le moyen de vous racommoder.

LA BARONNE.

Point du tout.

LYSETTE.

Point du tout ?

LE BARON.

Non, car cela fait naître
Un autre different

LYSETTE.

Dites-le moi, peut-être
Pourray-je . . .

LA BARONNE.

Deux partis s'offrent tout à la fois.

LE BARON.

Est-ce nous qui devons de l'un d'eux faire choix,
Ou faut-il qu'en ceci Marianne choisisse?

LYSETTE.

Ceci merite bien que l'on y reflêchisse.
Vous pensez sur cela tous deux differemment?

LE BARON.

Ouy.

LYSETTE.

Je le crois.

LA BARONNE.

Cela se peut-il autrement.

LYSETTE.

Entre gens mariez, ce seroit conscience.

LE BARON.

Ça, nous avons en toi beaucoup de confiance.
Juge-nous si tu peux, *à la Baronne:* N'y consentez-vous pas?

LA BARONNE.

Volontiers. Mais prends garde à ce que tu diras

LYSETTE *au Baron.*

Vôtre avis?

LE BARON.

Que le choix dépend de Marianne.

LYSETTE *à la Baronne.*

Et le vôtre?

LA BARONNE.

Pour moi, c'est ce que je condamne.

LE BARON.

Quoiqu'il en soit, morbleu je suis ferme en ce point.

LYSETTE.

Doucement, s'il vous plait, ne nous emportons point.
Qui sont les deux Amants?

LA BARONNE.

Damon & Richesource.

LE BARON.

L'un brille par son rang, & l'autre par sa bourse.

LYSETTE.

Ah ! j'entends bien : Madame est pour le Financier.

LA BARONNE.

Au contraire vraiment, je suis pour le premier.

LYSETTE.

Bon. Prenons ce fauteüil.

LE BARON.

Pourquoi ?

LYSETTE *s'asseyant.*

Ne vous déplaise,
Il faut pour bien juger que l'on soit à son aise.
Elle tousse, crache, & puis prononce gravement :
Tout bien consideré ; Monsieur pour cette fois,
Faisant céder Madame, usera de ses droits,
Et Marianne ainsi doit avoir la licence
De choisir ou le bien, ou la haute naissance :
Mais pour dédommager Madame avec honneur
Du chagrin d'obéir une fois à Monsieur,
Déclarons que Madame en toute autre matiere
Pourra le contredire, & lui rompre en visiere
Pour maintenir les droits des Femmes de ce temps.
Le cas ainsi jugé, hors de Cour sans dépens.

LA BARONNE.

Quoi ! vous avez le front Madame l'Insolente ?....

LYSETTE.

Respect à la Justice.

LA BARONNE.

Allons, impertinente ;
Sortez.

LE BARON *ôtant son chapeau.*

Non, s'il vous plait, elle demeurera.

LA BARONNE *faisant la reverence.*

Excusez-moi, mon fils, elle décampera.

LE BARON.

Je prétends qu'elle reste.

LA BARONNE.

Et je veux qu'elle sorte.

LE BARON.

Demeure ici : te dis-je ?

LA BARONNE.

Allons, passe la porte.

LYSETTE.

Je voudrois de bon cœur tous deux vous contenter,
Et pouvoir tout ensemble & sortir & rester ;
Mais il faut que je suive ou son ordre, ou le vôtre :
Voyez qui de vous deux l'emportera sur l'autre :
Armez-vous, combattez tous deux en gens de cœur,
Et le combat fini j'obéïs au Vainqueur.

LA BARONNE.

Elle se rit de nous.

LE BARON.

Elle a raison, ma femme.

LYSETTE.

Il est vrai : Mais de grace, écoutez-moi, Madame.
Peut-être Marianne aime t-elle Damon,
En ce cas il n'est plus de contestation :
Laissez-moi lui parler, je vous ferai connoître
Dans un petit moment tout ce qu'il en peut être :
Cependant faites Tréve, & qu'il soit arrêté
Qu'on ne commettra plus d'Acte d'hostilité :
Donnez-vous les doux noms de mon cœur, de ma mie,
Et laissez pour un temps votre haine endormie,
Sauf à la réveiller tantôt sur nouveaux frais,
Si l'on ne convient pas d'une solide Paix.

LA BARONNE.

C'est bien dit : Apprends donc le secret de son ame.
Allons, mon cher époux.

LE BARON.

Venez, ma chere femme.

Ils s'embrassent.

SCENE III.

LYSETTE *seule.*

CEci finira mal, & je crains tout de bon
Que l'on ne nous oblige a l'hymen de Damon;
Mais il m'a si bien fait sentir sa médisance,
Qu'en traverçant ses vœux j'en dois tire vangeance;
Et c'est à quoi mes soins vont tous être employez.

SCENE IV.

MARIANNE, LYSETTE.

MARIANNE.

JE te cherchois, Lysette.

LYSETTE.

Eh bien vous me voyez;
Que voulez-vous ?

MARIANNE.

Je viens par ordre de mon Pere,
Qui veut que je te parle au sujet d'une affaire,
Sur laquelle, dit-il, tu dois me consulter.
De quoi s'agit-il donc ?

LYSETTE.

C'est qu'on vient d'agiter
Lequel des deux partis vous convient davantage,
Ou d'aller au Convent, ou d'entrer en ménage.

MARIANNE.

Comment donc ? on a mis la chose en question !

LYSETTE.

Oüi vraiment. Qu'avez-vous ?

MARIANNE.

Beaucoup d'émotion ;
Je tremble. Quel parti prétend-on que je prenne ?

LYSETTE.

La chose a demeuré fort long-temps incertaine ;
Chacun sur ce sujet pensoit differemment,
Et tous deux disputoient avec emportement.

MARIANNE.

Juste Ciel ! Et dis-moi, n'étoit-ce point ma Mere
Qui parloit du Convent ?

LYSETTE.

Non, c'étoit votre Pere.

MARIANNE.

Je respire.

LYSETTE.

J'ignore à le voir si mutin,
Sur quelle herbe Monsieur a marché ce matin :
Mais il n'a point encor montré tant de courage :
Quand je suis arrivée il avoit l'avantage,
Et, ce qu'on n'a jamais remarqué qu'aujourd'hui,
Je l'ai vû sur le point.... d'être maître chez lui.
Doit-on jurer de rien, après cette avanture ?

MARIANNE.

Non.

LYSETTE.

Comme ils souhaitoient cependant de conclure,
On m'a prise pour Juge, & moy j'ai prononcé.

MARIANNE.

Qu'as-tu dit ?

LYSETTE.

Que Monsieur avoit fort bien pensé,
Que le seul nom d'Epoux vous causoit mille allarmes,
Et qu'un Convent pour vous auroit bien plus de charmes.

MARIANNE.

Ah Ciel ! tu m'as perduë.

LYSETTE.

Eh quoi ! que dites-vous ?
Seriez-vous disposée à souffrir un époux ?
La physionomie est, ma foi, bien trompeuse;
J'ai cru que vous vouliez être Religieuse;
J'en aurois juré même, &....

MARIANNE.

Que tu juges mal !

LYSETTE.

Tout de bon ?

MARIANNE.

Ton arrêt va m'être bien fatal.

LYSETTE.

Qu'est devenu le temps où la seule retraite
Pouvoit, me disiez-vous, vous rendre satisfaite ?

MARIANNE.

Ah ! par le dépit seul ce dessein fut dicté.

LYSETTE.

On vous avoit donc fait quelque infidélité.

MARIANNE.

Tu te souviens du temps où je fus en Bretagne,
Lorsque j'y demeurai six mois à la campagne;
Il venoit chez ma Tante un jeune homme bienfait,
Riche, noble.

LYSETTE.

Il vous plut ?

MARIANNE.

Il me plut en effet,
Et bien-tôt il connut ma passion naissante.
Comme il m'aima de même, il le dit à ma Tante,
Et la pressa si fort de nous unir tous deux,
Qu'elle fut disposée à seconder nos vœux.
Elle en parla d'abord au pere de Leandre,
C'est le nom du jeune homme ; & bien loin de se rendre,
Ayant d'autres desseins, il emmena son fils.

LYSETTE.

Le brutal !

MARIANNE.

Et jamais je ne l'ai vû depuis.

LYSETTE.

Vous vouliez au Convent pleurer cette disgrace :
Mais comme avec le temps votre douleur se passe,
Pour mieux vous dégager d'un Amant si cheri,
Vous croyez qu'il vous faut le secours d'un Mary.
N'est-ce pas ?

MARIANNE.

Je conviens de tout ce que tu penses.

LYSETTE.

Oh ! j'ai sur tout cela de grandes connoissances.

MARIANNE.

Et tu veux qu'un Convent ?....

LYSETTE.

Pour sonder votre cœur
J'ai voulu tout du long vous en faire la peur :
Mais j'ai très-bien jugé dès votre plus jeune âge,
Que vous aviez les yeux tournez au mariage ;
Et je l'ai si bien dit, que par cette raison,
On pense à vous donner Richesource ou Damon.

MARIANNE.

Ma Mere est pour Damon, je n'en fais aucun doute.

LYSETTE.

Il est vrai ; mais, Madame, écoutez-moi.

MARIANNE.

J'écoute.

LYSETTE.

Je pense que Damon ...

MARIANNE.

Tu penses sagement ;
Luy seul peut réparer la perte d'un Amant ;
Il a beaucoup d'esprit & beaucoup de merite.

LYSETTE.

Mais ce n'est point pour luy que je vous sollicite ;
Richesource vaut mieux ; il faut d'oresnavant....

MARIANNE.

Ah ! ne m'en parle point.

LYSETTE.

Vous irez au Convent.

MARIANNE.

Mais,...

LYSETTE.

Pour vous y forcer j'ai plus d'une ressource.

MARIANNE.

Comment, j'épouserois Monsieur de Richesource?

LYSETTE.

Pourquoi non, s'il vous plaît ?

MARIANNE.

Tu me conseilles mal.

LYSETTE.

Je conviens qu'il n'est point d'homme plus animal.
Il a l'esprit borné, mais il est franc, sincere,
Bon ami, genereux, fait à ne point déplaire :
Il est puissamment riche, & s'est mis dans l'esprit,
Que pour égaler tout ce merite suffit :
Vingt flateurs affamez qu'il nourrit, qu'il habille,
Lui font croire qu'il sort d'une illustre famille :
Mais au fond ce défaut n'est point essentiel,
Il est noble en idée, & son bien est réel.

MARIANNE.

Moi femme d'un Bourgeois ! la chose est odieuse.

LYSETTE.

Ce Bourgeois ennobli vous rendra trop heureuse.
Le titres de Damon vous feroient plus d'honneur,
Mais j'aime mieux l'argent du moderne Seigneur.
Chez l'un on sera fier d'une illustre naissance,
Chez l'autre on brillera par la magnifice ce ;
Grand train, riche équipage, habits toûjours nouveaux,
Belles maisons, gros jeu, bonne chere, cadeaux ;
Et vous éprouverez dans le Siecle où nous sommes,
Que les riches Bourgeois sont les bons Gentilshommes.

MARIANNE.

Non, je n'aurai jamais de ſentimens ſi bas;
D'un Seigneur indigent je fais bien plus de cas,
Que d'un Gueux enrichi des miſeres publiques.

LYSETTE.

Vous donnez donc auſſi dans les traits ſatyriques?
Je ne m'étonne pas ſi Damon vous plaît tant;
Car jamais on n'a vû d'homme ſi médiſant.
Tout le monde le fuit, le craint, & le déteſte,
Et ſon humeur pourra lui devenir funeſte.
Avoir un tel mari c'eſt un ſort bien fatal.

MARIANNE.

Je vous défends tout net de m'en dire du mal.
Je l'eſtime : d'ailleurs il convient à ma Mere,
Et cela lui ſuffit pour ne vous craindre guere.
Adieu.

SCENE. V.

LYSETTE *ſeule*.

Quelle arrogance! Ah! c'eſt trop m'inſulter;
Pour rompre leur projet je m'en vais tout tenter,
Et joignant mes efforts aux ordres de ſon Pere,
Peut-être qu'à la fin....

SCENE VI.

SCENE VI.

LEANDRE *sous le nom de la* FONTAINE, LYSETTE.

LEANDRE.

Peut-on sans vous déplaire
Vous prier de vouloir m'introduire ceans?

LYSETTE.

Eh qu'y demandez-vous?

LEANDRE.

J'ai des ordres pressans
D'y chercher au plûtôt une personne aimable,
Vive, pleine d'esprit, d'une humeur agreable,
Adroite s'il en fut; & sans vous offenser,
Je croi que c'est à vous que je dois m'adresser.

LYSETTE.

Vous me connoissez mal, je m'appelle Lysette,
Et ne suis point du tout cette personne adroite
Dont on vous a vanté l'esprit & les appas;
Mais pour la bonne humeur je ne m'en défends pas.

LEANDRE.

Dans cette modestie & rare & surprenante,
Je pourrois méconnoître une Fille Suivante,
Si dans le même instant votre air & votre esprit
Ne me confirmoient pas tout ce que l'on m'a dit.

LYSETTE.

Vous aimez à railler.

LEANDRE.

Si vous voulez, ma chere,
Deux baisers prouveront que je suis fort sincere.

LYSETTE.

J'aime mieux endurer votre éloge flateur.
Mais dequoi s'agit-il ?

LEANDRE.

Je suis Ambassadeur,
Et de plus, confident d'un jeune Gentilhomme,
Qui voudroit être bien avec vous.

LYSETTE.

Il se nomme ?

LEANDRE.

Monsieur de Richesource ; un Marquis nouveau né,
De votre Marianne Amant passionné.

LYSETTE.

Soyez le bien venu.

LEANDRE.

Pour abreger l'affaire,
Il croit votre secours tout-à-fait necessaire :
Je viens ici chargé de ses instructions,
Avec un plein pouvoir sur les conditions ;
Et comme il est plus riche en effets qu'en paroles,
Commençons le Traité par ces trente pistoles ;
C'est le préliminaire.

LYSETTE.

Il me gagne le cœur.
Je ne puis refuser Monsieur l'Ambassadeur,
Et nous aurons bien-tôt conclu notre alliance,
S'il persiste à parler avec cette éloquence.

LEANDRE.

J'entends, & parlerai toûjours de mieux en mieux.
Mais revenons au fait.

LYSETTE.

Le cas est serieux.
Pour tracer en deux mots le plan de cette affaire,
Marianne dépend d'un Pere & d'une Mere.
Le Baron notre Maître est plein d'humanité,
Mais Madame a ceans toute l'autorité ;
Elle est femme, & de là vous pouvez bien conclure,
Que tout se fait ceans sans raison ni mesure.

LEANDRE.

Ainsi notre demande a réüssi fort mal?

LYSETTE.

Sans doute, & l'on appuye un dangereux Rival.

LEANDRE.

Quel est-il?

LYSETTE.

C'est Damon, vous devez le connoître.

LEANDRE.

Par tout avec fureur il déchire mon Maître:
Mais il faut l'en punir; & c'est bien commencer
Si dans cette recherche on peut le traverser.
Marianne avec nous sera d'intelligence,
Je n'en sçaurois douter.

LYSETTE.

Perdez cette esperance,
Car Damon a trouvé le chemin de son cœur.

LEANDRE.

Juste Ciel!

LYSETTE.

Qu'avez-vous? vous changez de couleur.

LEANDRE.

J'apprends avec chagrin cette triste nouvelle.

LYSETTE.

Monsieur l'Ambassadeur, moderez votre zéle;
Nous ne devons encor desesperer de rien,
Et pour tout rajuster je sçais un bon moyen.

LEANDRE *l'embrassant.*

Vous me rendez la vie; achevez de m'instruire....

LYSETTE.

Un zéle si pressant merite qu'on l'admire;
Votre Maître, ma foi, sçait bien choisir ses gens,
Et l'on rencontre peu de semblables Agens.

LEANDRE.

Vous ne croiriez jamais combien je m'interesse....
Mais puisque la Baronne est ici la Maîtresse,
Il faudroit la gagner.

LYSETTE.

C'est mon intention :
Comme elle aime Valere à l'adoration,
C'est ce fils pour qui seul on la voit complaisante,
Qu'il faut interesser dans l'affaire presente.

LEANDRE.

Non, non, avec Damon Valere est trop lié....

LYSETTE.

L'Amour sçait déranger la plus forte amitié;
Pour en venir à bout employons Isabelle.

LEANDRE.

Qui ? la sœur de mon Maitre ?

LYSETTE.

Oüi, l'on dit qu'elle est belle,
Bien faite, jeune, riche ; A de si doux appas,
Valere assurément ne résistera pas.
Qu'elle vienne chez nous pour rendre une visite
A Marianne, & moi je sçaurai faire ensuite....

LEANDRE.

Je crains....

LYSETTE.

Dans un projet plein de difficultez,
Quand les plus sûrs moyens sont vainement tentez,
Faites intervenir une femme jolie,
Et voilà sur le champ votre affaire accomplie.

LEANDRE *appercevant Frontin.*

Que veut cet homme-ci ? Le connoissez-vous ?

LYSETTE.

Non ;
C'est l'Ami du Valet de Monsieur le Baron.
Il rode ici souvent. Il faut que je vous quitte;
Jusqu'au revoir ; sur tout songez à la visite.

LEANDRE.

C'est ce que je m'en vais presser avec ardeur.
Bonjour la Belle.

LYSETTE.

Adieu Monsieur l'Ambassadeur.

SCENE VII.

LEANDRE, FRONTIN.

LEANDRE.

Je ne me trompe point, c'est Frontin, c'est lui-même ;
Comment est-il ici ? ma surprise est extrême !

FRONTIN.

Parbleu plus je le vois, & plus je suis frappé.
Est-ce lui ? Non. Si-fait. Oh je me suis trompé !
C'est pourtant-là son air, sa taille, son visage :
Mais où diable a-t-il pris ce grotesque équipage ?

LEANDRE.

Que cherches-tu ceans ?

FRONTIN.

Ah ventrebleu c'est lui !
J'ai bien peur que mon dos ne pâtisse aujourd'hui.

LEANDRE.

Que cherches-tu ? réponds.

FRONTIN.

Moi ? je cherche la porte.

LEANDRE.

Demeure. Ah c'est donc toi !

FRONTIN.

Non le Diable m'emporte.

LEANDRE.

Allons, sortons d'ici, je prétends m'éclaircir....

FRONTIN.

A d'autres.

LEANDRE.

Marche donc.

FRONTIN.

Je ne veux pas sortir.

LEANDRE.

Tu ne veux pas ?

FRONTIN.

Dehors je crains la bastonnade.
Ici vous n'oseriez me faire d'incartade,
Ou je m'en vais crier comme un Diable. On viendra,
Et pour Leandre enfin on vous reconnoîtra ;
C'est ce que vous craignez, je le voi bien.

LEANDRE.

J'enrage.

FRONTIN.

Moi je suis dans mon Fort, & veux en homme sage
Capituler ici. Jurez-moi votre foi
Que bâton, pieds ni mains n'agiront point sur moi.

LEANDRE.

Oüi je te le promets.

FRONTIN.

Moi je serai sincere.

LEANDRE.

N'es-tu pas en ces lieux envoyé par mon Pere ?

FRONTIN.

Depuis que vous avez déserté la maison,
J'ai pour vous retrouver, la charge d'espion.

LEANDRE.

Fort bien.

FRONTIN.

Ayant jugé que vous fuyïez Lucrece,
Pour venir à Paris chercher votre Maitresse,
Votre Pere m'envoye aussi-tôt sur vos pas.
J'arrive, je vous cherche, & ne vous trouve pas.
De Marianne enfin découvrant la demeure,
J'ai crû que je devois y roder à toute heure ;
Et pour m'y procurer un plus facile accès,
Je me suis avisé de loger tout auprès.
Je m'informe sous main si l'on connoît Leandre,
S'il vient ici souvent ; je n'en puis rien apprendre.

Je ne sçavois que faire ayant perdu mes soins,
Et je vous trouve enfin quand j'y pensois le moins.

LEANDRE.

Tout ce que tu me dis me paroît si sincere.....

FRONTIN.

Je veux vous en convaincre en trompant votre Pere,
Et je vous donne avis pour prouver mon discours,
Qu'il doit être à Paris au plustard dans deux jours.

LEANDRE.

Je l'ai prévû ; voilà pourquoi je me déguise.

FRONTIN.

Ne craignez de ma part trahison ni surprise.

LEANDRE.

J'ai tout lieu de le croire après de tels avis.
Jugeant bien qu'on viendroit me chercher à Paris,
J'allai trouver Cleon mon Ami dès l'enfance.
Comme avec Richesource il a quelque alliance,
Et qu'il le voit souvent, nous convinmes d'abord
Qu'il m'offriroit à lui pour Valet. Je plûs fort
A ce nouveau Seigneur, qui bien-tôt me confie
Un fait que j'avois sçû, c'est qu'il avoit envie
D'épouser Marianne, & qu'il cherchoit aussi
Quelque Agent fort adroit pour l'introduire ici.

FRONTIN.

Fort bien : vous refusez une charge pareille.

LEANDRE.

Moi? point. Mais avant tout, Frontin, je lui conseille
De sçavoir si la Belle a le cœur prévenu ;
Et pour entrer céans sans être reconnu,
Je me charge du soin d'éclaircir le mystere.

FRONTIN.

Gagner la confidente est ce qu'il falloit faire.

LEANDRE.

C'est à quoi j'ai pensé, me faisant un plaisir
De m'éclaircir moi-même, & de me découvrir
Si je trouvois encor Marianne fidelle,
Pour chercher les moyens de m'unir avec elle.

FRONTIN.

Avez-vous réüssi ?

LEANDRE.

Trop bien pour mon malheur,
Et j'apprends qu'un Rival m'a dérobé son cœur.

FRONTIN.

Que faire donc ?

LEANDRE.

Je crains que l'on ne nous entende :
Sortons ; mais prens ceci. *Il lui donne sa bourse.*

FRONTIN.

Que l'Amour vous le rende.

Fin du premier Acte.

ACTE II.

SCENE PREMIERE.

LYSETTE *seule.*

NOUS aurons de la peine à parer ce dessein,
Si Valere au plûtôt ne nous prête la main.
Ah, le voici. Monsieur . . .

SCENE II.

VALERE, LYSETTE

VALERE.

Je vais chez la Comtesse
Qui veut m'entretenir d'une affaire qui presse.

LYSETTE.

Cette Tante, Monsieur, vous aime tendrement.

VALERE.

Je n'en sçaurois douter. J'ai vû son Testament
Qui me fait Legataire.

LYSETTE.

Avec cet heritage
Vous pourrez contracter un riche Mariage,
Et je sçais un parti qui vous conviendroit fort.

VALERE

Ce n'est pas l'interest qui reglera mon sort.
Je tiens qu'il faut aimer celle à qui l'on se donne,

LYSETTE.

Connoissez-vous, Monsieur, une jeune personne
Que l'on nomme Isabelle?

VALERE.

En aucune façon.

LYSETTE

La Sœur de Richesource, & ...

VALERE

Je connois ce nom.
Il n'est point dans Paris de plus riche famille,
Gens d'honneur.

LYSETTE.

N'avez-vous jamais vû cette Fille?

VALERE.

Non, elle eſt au Convent : Mais bien des gens m'ont dit

Qu'elle avoit mille appas, & même de l'eſprit.

LYSETTE.

Depuis un mois elle eſt dans le monde, & je penſe

Qu'il ne tiendra qu'à vous qu'une double alliance. . .

VALERE.

Non, l'Amour a déja diſpoſé de mon cœur,

Et tu ſçais que Damon doit épouſer ma ſœur.

LYSETTE.

Ma foy, m'en croirez-vous ?

VALERE.

C'eſt une choſe faite :

S'il vient, tu lui diras qu'il m'attende Lyſette,

Que j'ai parlé pour lui, que ma Mere conſent . . .

LYSETTE.

Mais ſongez-vous ? . . .

VALERE.

Adieu la Comteſſe m'attend ;

Et de plus, je lui veux conter une avanture

Que j'eus hier au Bal.

LYSETTE.

Monſieur je vous conjure

De vouloir me donner audiance au retour.

VALERE.

Ouy, je te le promets.

SCENE III.

LYSETTE *ſeule.*

Je voy fort peu de jour

Au deſſein que j'ai pris ; mais par mes ſoins, peut-être . . .

Si notre Ambassadeur au moins vouloit paroître,
Je pourrois avec lui dans un autre entretien...
Ouy! Notre Ambassadeur! Ah, je vous entends bien,
Il est jeune, bien fait, rempli de politesse,
Il ne ressemble point à ceux de son espece,
Vous avez le goût fin; Lysette, avoüez-moi
Que ce jeune garçon vous plaît fort: Ouy, ma foi,
Je l'aime tout de bon. La réponse est naïve;
Mais la raison voudroit... Oh pour moi je suis vive,
Dès que mon cœur dit ouy, ma raison le veut fort,
Et je n'ai point de peine à les mettre d'accord.
Voici quelque fâcheuse, il faut faire retraite.

SCENE IV.

LYSETTE, JAVOTTE.

JAVOTTE,

BON jour la belle enfant, n'estes-vous pas Lysette?

LYSETTE.

Pourquoi?

JAVOTTE.

Je vous cherchois.

LYSETTE.

C'est moi-même, en effet,.

JAVOTTE.

Et moi je suis Javotte.

LYSETTE.

Ah vraiment c'est bien fait!
Que me demandez-vous,

JAVOTTE,

J'avois impatience

De vous voir, & de faire avec vous connoissance.

LYSETTE.

Et bien vous m'avez vûë, & vous me connoissez,
Bon jour, bon soir, Adieu.

JAVOTTE.

Comment, vous me laissez?

LYSETTE.

Ouy je cherche quelqu'un, & suis impatiente....

JAVOTTE.

Isabelle est ceans, je suis sa confidente;
Je sçai pour quel sujet vous l'attirez ici,
Et sans moi ce dessein n'auroit pas réussi.
Elle avoit pour cela beaucoup de répugnance;
La Fontaine employoit toute son éloquence
Pour la persuader, & pressoit vainement,
Et si ce garçon là persuade aisément.

LYSETTE.

Quel est ce la Fontaine?

JAVOTTE.

Eh mais, c'est ce jeune homme
Dont vous avez tantôt reçû certaine somme....

LYSETTE.

La Fontaine est son nom?

JAVOTTE.

Ne vous l'a-t'il pas dit?

LYSETTE.

Non vraiment.

JAVOTTE.

Avoüez qu'il est garçon d'esprit.

LYSETTE.

Il n'a point d'un valet l'air grossier & rustique.

JAVOTTE.

Trouvez-vous pas en lui je ne sçai quoi qui pique?

LYSETTE.

Ouy, j'ai trouvé cela tout aussi-bien que vous.

JAVOTTE.

Ah si vous le voyiez aussi souvent que nous,
Vous sentiriez bien mieux jusqu'où va son merite.

LYSETTE.

A ce que je puis voir vous en ètes instruite,
Et par l'air empressé dont vous me le vantez,
Vous connoissez à fond ses bonnes qualitez.
Et depuis quand est-il au frere d'Isabelle?

JAVOTTE.

Depuis près de huit jours. Il marque tant de zele
Pour Monsieur le Marquis, & le flatte si bien,
Que sans le consulter il n'execute rien.

LYSETTE.

Et vous avez déja tous deux fait connoissance?

JAVOTTE.

Je pourrai quelque jour vous faire confidence....

LYSESTE.

Croyez-moi, vous pouvez me parler librement,
Déja vos interêts me touchent vivement.

JAVOTTE.

Tout de bon?

LYSETTE.

Ouy ma foy.

JAVOTTE.

Mais je serois honteuse....

LYSETTE.

Et si donc. Ce n'est pas que je sois curieuse.

JAVOTTE.

Je vous croi.

LYSETTE.

Mais je vois tout ce qui s'est passé.
Vous l'aimez.

JAVOTTE.

Il est vrai.

LYSETTE.

Bon, c'est bien commencé,
Achevez,

JAVOTTE.

Volontiers; car je suis fort sincere.

LYSETTE.

Ah je m'en apperçois. Vous avez sçû lui plaire?

JAVOTTE.

Tantôt nous étions seuls; j'ai voulu m'aviser.....

LYSETTE.

De quoi donc?

JAVOTTE.

De sçavoir s'il voudroit m'épouser.

LYSETTE.

Vous êtes vive, eh bien?

JAVOTTE.

Eh bien, sans me rien dire,
Il ne m'a répondu qu'en s'étouffant de rire.
Pour moi je n'en sçaurois deviner la raison,
Car je ne riois point, & parlois tout de bon.

LYSETTE.

C'est qu'il en aime une autre.

JAVOTTE.

Eh vraiment je m'avise...
N'est-ce point vous qu'il aime, & ma sotte franchise?...

LYSETTE.

Moy?

JAVOTTE.

Vous même. Depuis qu'il est venu ceans
Il ne fait que parler de vous à tous momens.

LYSETTE.

C'est pour se divertir,

JAVOTTE.

Vous voila mon Amie,
Ne me l'enlevez pas au moins, je vous en prie.

LYSETTE

Allez, vos interêts sont en fort bonnes mains,
Songez à seconder seulement nos desseins,
Et tâchez qu'Isabelle, en faveur de son frere,
Fasse tous ses efforts pour engager Valere.

JAVOTTE.

Je m'en vais la rejoindre, & parlerai des mieux,
Pour que leur entrevûe ait un succès heureux.

SCENE V.

LYSETTE *seule.*

JE n'ai vû de mes jours une Fille si sotte,
Et la Fontaine au fond, est trop bon pour Javotte;
Il m'aime assurément. Elle aura beau crier,
Il me plaît, j'ai dessein de me l'approprier,
Et plûtôt que plûtard; Mais le voici lui-même;
Parlons. Le cœur me bat. Qu'on est sot quand on
aime!

SCENE VI.

LEANDRE, LYSETTE.

LEANDRE *sans voir Lysette.*

JE viens de la revoir sans en être apperçû.
Qu'elle est belle!

LYSETTE.

On lui plaît. Mais dès qu'il a paru
Je m'en suis apperçûë, & je ne puis comprendre....

LEANDRE *sans la voir.*

Mon cœur, de tant d'appas ne sçauroit se défendre,
Mais pour me taire encor j'ai de fortes raisons.

LYSETTE *à part.*

Entre gens comme nous, faut-il tant de façons?
Je ne dois pas pourtant m'expliquer la premiere,
Et pour l'honneur du sexe, il faut faire la fiere.

LEANDRE *sans la voir.*

Parlerai-je à Lysette ?

LYSETTE.

Oh pour le coup, je voy
Que le pauvre garçon est amoureux de moi.

LEANDRE.

Avant que lui parler, il faut la mieux connoître;
Je ne veux rien risquer.

LYSETTE *se présentant à lui.*

Je risquerois peut-être
Autant que vous.

LEANDRE.

Que vois-je? On m'écoutoit.

LYSETTE.

Fort bien.
Rassûrez-vous, mon cher, & ne me cachez rien;
Vous avez un secret à me dire.

LEANDRE.

Et comment
Sçavez-vous?...

LYSETTE.

Vous parliez assez distinctement.

LEANDRE.

Je me serai trahi. Quelle est mon imprudence!
Il faut vous prévenir sur mon extravagance;
Je resve quelquefois en veillant.

LYSETTE.

Croyez-moi
Jentends à demi mot.

LEANDRE.

Non c'est de bonne foy
Que je vous fais ici l'aveu de ma foiblesse.

LYSETTE.

Vous avez dans le cœur un grand fond de tendresse.

LEANDRE

Il est vrai. Bien souvent, admirez mon erreur,
Je me croy tout d'un coup le Fils d'un grand Seigneur,

Et me mets dans l'esprit que pour voir ce que j'aime
Il faut que je me cache avec un soin extrême,
Je me plains, je m'agite, & qui m'écouteroit,
Pour ce que je crois être à la fin me prendroit:
Si quelqu'un m'interrompt, je me connois sur l'heure,
Le grand Seigneur s'éclipse, & le Valet demeure.

LYSETTE.

Vous me dépaïsés avec beaucoup d'esprit,
Vous y tâchez au moins, mais ce que l'on m'a dit,
Ce que j'ai sçû par vous me fait croire sans peine.....
Allons expliquons-nous Monsieur de la Fontaine,

LEANDRE *à part.*

Frontin m'aura trahi.

LYSETTE.

Pourquoi dissimuler?
Dans ces occasions il n'est que de parler;
Et d'ailleurs c'est en vain qu'avec moi l'on se cache,
Vous ne me direz rien que déja je ne sçache.

LEANDRE.

Comment donc? Vous sçavez?...

LYSETTE.

Faut-il s'alarmer tant?
Vous avez la pudeur d'un jeune adolescent.

LEANDRE.

Vous m'embarrassé fort, il faut que je le dise.

LYSETTE.

Moi, de votre embarras je suis aussi surprise.

LEANDRE.

A moins qu'on n'ait parlé, je ne voy pas pourquoi
Vous pouvez démesler mon secret malgré moi.

LYSETTE *tendrement.*

C'est que nous devinons ce qui nous interesse.

LEANDRE.

Vous m'obligez beaucoup. Votre belle Maîtresse
En est donc informée?

LYSETTE.

Il n'est pas encor temps,

Convenons de nos faits, & puis . . .

LEANDRE.

Je vous entends,

Qu'exigez-vous de moi ?

LYSETTE.

Que vous parliez sans feinte,

LEANDRE.

Je voy bien qu'il le faut.

LYSETTE.

Pour moi qui suis atteinte
Du même mal que vous, je balancerai peu
A vous en faire aussi le plus sincere aveu.

LEANDRE.

Vous aimez donc Lysette ?

LYSETTE.

Autant qu'il est possible.

LEANDRE.

Ah puisque vous avez le cœur tendre & sensible,
Vous sçaurez compatir à mon sort rigoureux.

LYSETTE.

De quoi vous plaignez-vous ? Vous êtes trop heureux.

LEANDRE.

Trop heureux !

LYSETTE.

Ouy vraiment : Si l'amour vous transporte,
L'ardeur qu'on sent pour vous est du moins aussi forte :
Car pour moi, sans façon je dis mes sentimens,
Et par de vains discours je ne perds point le temps.

LEANDRE.

Mais Damon est aimé.

LYSETTE.

Ah quelle extravagance !
Moi, j'aimerois Damon ?

LEANDRE.

Qui vous dit que je pense
Que vous l'aimiez ?

LYSETTE.

C'est vous.

LEANDRE.

En aucune façon.
Je dis que Marianne a du goût pour Damon,
Et c'est ce que tantôt vous m'assuriez vous-même.

LYSETTE.

Devez-vous vous fâcher que Marianne l'aime?

LEANDRE.

Juste ciel, vous pouvez m'outrager à ce point!
J'adore Marianne, & ne souffrirois point
De voir que dans son cœur un autre ait pris ma place?

LYSETTE.

Pour le coup vous resvez. Eh dites-moi de grace,
Ces égaremens-là vous prennent-ils souvent?

LEANDRE.

Vous m'offensez au moins. Songez dorénavant,
Puisqve vous avez sçû malgré moi me connaître,
Que je puis quelque jour devenir votre Maître.

LYSETTE.

Mon Maître?

LEANDRE.

Marianne à ma fidelité
Rendra peut-être un cœur que j'ai bien merité.

LYSETTE.

Vous fûtes autrefois aimé de ma Maîtresse?

LEANDRE.

Sans doute, & l'infidelle a trahi sa promesse,
Mais non. Mon Pere seul m'a rendu malheureux,
Et son cruel pouvoir nous separa tous deux.

LYSETTE *à part*.

De quel étonnement me trouvai-je frapée!
C'est l'Amant de Bretagne, ou je suis fort trompée.
Eclaircissons le fait puisque j'ai commencé.
Ce garçon-là peut-ête a le cerveau blessé.

LEANDRE.

Vous vous taisez.

LYSETTE.

Tout franc j'ai peine à vous entendre,
Ou vous extravaguez, ou vous êtes Leandre.

LEANDRE.

Sans doute je le suis, & vous le sçaviez bien.

LYSETTE.

Je vous jure ma foy, que je n'en sçavois rien.

LEANDRE.

Vous aviez disiez-vous découvert le mystére,
Et j'ai crû que Frontin n'auroit pû vous le taire.

LYSETTE.

C'est un mal entendu. Je vous croyois Valet,
J'enrage maintenant d'être si bien au fait,
Je voy que desormais il faut changer de notte,
Et je suis attrapée aussi-bien que Javotte.

LEANDRE.

Je ne le suis pas moins comme vous le voyez,
Le hazard a voulu que vous me connussiez ;
Mais cachez mon secret, à Marianne même.

LYSETTE.

Ouy je veux vous servir avec un zele extrême,
Et du moins.... Damon vient, il est si médisant
Que s'il nous voit ensemble, il va dans le moment
Dire par tout,.. Sortez.

LEANDRE.

Il m'a vû, comment faire ?
D'ailleurs je veux connoitre à fond son caractere.

SCENE VII.

DAMON, LEANDRE, LYSETTE.

DAMON.

Je viens mal à propos.

LYSETTE

Pourquoi Monsieur?

DAMON.

Pourquoi?
Ma foi ma chere enfant, tu le sçais mieux que moi.
Il te parloit de prés. Je vois à votre mine
Que vous étiez d'accord. Là n'en fais point la fine.
Voila certainement un garçon bien tourné.
Est-ce depuis long-temps que tu te l'es donné?

LYSETTE.

Monsieur, ne poussons pas plus loin la raillerie.

DAMON.

Tu dois l'entendre un peu sur la galanterie;
Ce n'est pas d'aujourdhui que je connois ton goût,
Et cet air de pudeur ne te sied point du tout.

LYSETTE

Il vous sied bien plus mal....

DAMON.

N'as-tu point vû Valere?
Je pense qu'il devient aussi sot que son pere.

LYSETTE.

Quoi Valere, Monsieur, vous l'ajustez aussi?

VALERE.

Oh c'est par amitié que je le traitte ainsi.
Depuis qu'il me neglige, & que l'on s'en empare,
Il se rend d'une humeur difficile & bizare,
Il veut être habile homme, il decide, il écrit,
Et devient ridicule avec beaucoup d'esprit.
Je suis sûr que déja tu l'as senti toi-même;
J'en suis au desespoir, car tu sçais que je l'aime,
Et le plus grand chagrin qu'il puisse me donner,
C'est qu'il prenne un travers à se faire berner.

LYSETTE.

Il ne merite pas cet excès de tendresse.

DAMON.

Je vais gager qu'il est chez la vieille Comtesse.
Leur commerce entre nous fait beaucoup de fracas.

LYSETTE.

C'est sa Tante, pourquoi ne la verroit-il pas?
Il en doit recüeillir un fort gros heritage.

DAMON.

C'est elle qui le rend d'une humeur si sauvage.
Le public en médit, & se trompe fort peu.

LYSETTE.

Une Tante, je crois, peut aimer son neveu.

DAMON.

Je n'en disconviens pas; mais on dit que Valere
A des conditions sera son Legataire,
Et que la vieille prude âpre à ses interêts,
A mis dans le Traité des Articles secrets.

LYSETTE

A tourner tout en mal votre esprit se fatigue.

DAMON.

Point; on dit que c'est toi qui conduis cette intrigue.
Valere m'en a fait mystere jusqu'ici,
Mais par toi, mon enfant, j'en veux être éclairci.

LYSETTE.

Pour qui me prenez-vous?

DAMON,

Pour une fille adroite
A mener prudemment une affaire secrette.

LYSETTE.

Et que n'adjoûtez-vous pour orner ce discours,
Que Marianne en moi trouve de bons secours?
Qui médit d'un Ami, peut dauber sa Maitresse.

DAMON.

Non, je me sens pour elle une vive tendresse,
Et si-tôt qu'une belle est l'objet de nos vœux,
Tous les défauts qu'elle a ne blessent point nos yeux.
On les excuse au moins; mais Lysette, à vrai dire,
Si je puis l'épouser comme je le desire,
Vous vous separerez. Tu me rendrois jaloux.

LYSETTE.

Vous qui me menacés, prenez bien garde à vous.

DAMON.

Ah je ne te crains plus.

LYSETTE.

Mon dieu ; laissez-moi faire.

DAMON.

Va, j'ai dans mon parti Marianne & sa Mere,
Valere me seconde, ainsi je ne crains point
Que tu puisses jamais me nuire sur ce point.

LYSETTE *regardant Leandre.*

Hom! je vois pour vos vœux un dangereux obstacle,
On peut vous supplanter sans faire un grand miracle.

LEANDRE.

Marianne il est vrai vous a donné son cœur ;
Mais un autre prétend à ce même bonheur,
Et quoiqu'il voye ici que le vôtre s'apprête,
Il vous disputera cette aimable conquête.

DAMON.

Comment, le beau garçon, vous m'en voulez aussi !
Est-ce pour un Rival que vous étes ici ?

LEANDRE.

Ouy c'est pour un Rival, mais un Rival à craindre.

LYSETTE.

C'est de quoi nous parlions, puisqu'il ne faut plus feindre,
Nous allons contre vous faire un commun effort,
Et c'est sur ce sujet que nous sommes d'accord.
A rompre vos projets me voila préparée,
Point de quartier morbleu, la guerre est déclarée.

DAMON.

Que Lysette me plait dans sa vivacité !
Ce petit air mutin augmente ta beauté,
Il donne un agrément aux discours que tu lâches,
Et tu n'as de l'esprit que lorsque tu te fâches.
Tu peux donc t'échaper autant que tu voudras,
Bien loin de m'offenser tu me divertiras.

LEANDRE.

Vous la poussez trop loin, & cette repartie

N'est pas....

DAMON.

Ah tu te mets aussi de la partie !
Mais je veux faire grace à ton zele indiscret ;
C,a parlons de ton Maitre & de votre projet ;
Je me fais, je t'assure, un plaisir tres-sensible,
De parler tête à tête à ce Rival terrible.

LEANDRE.

Vous êtes Gentil-homme, il l'est.

DAMON.

Cela suffit.
Est-il riche ?

LEANDRE.

Ouy.

DAMON.

Bien fait ?

LEANDRE.

Vous verrez.

DAMON.

De l'esprit?

LEANDRE.

Il est homme d'honneur, il a de la naissance,
Voila surquoi je puis le vanter par avance,
Peut-être son esprit y répond dignement,
Mais je dois sur cela parler modestement.

DAMON.

Ah tu me mets au fait. C'est Damis, Dieu me damne.
Il fait le doucereux auprés de Marianne.
Voila donc, mon enfant, ce dangereux Rival.
Il est de mes parens, je n'en dis point de mal ;
Mais au fond c'est un fou que tout le monde évite.
Un nom fort respectable est son plus grand merite
Insolent, indiscret, débauché, grand hableur,
Plus poltron qu'une femme, & toûjours quereileur.

LYSETTE.

Pour prendre un tel époux Marianne est trop sage,
Et j'empêcherois bien un pareil Mariage.

LEANDRE

LEANDRE.

Damis n'eſt point celui dont il s'agit ici.
Mais ce myſtere encor ne peut être éclairci.
Bientôt votre Rival en ces lieux doit paroître:
Il ſe fait eſtimer lorſqu'il ſe fait connoître;
Il n'eſt point inſolent, indiſcret, querelleur,
Et de toutes façons ſçait diſputer un cœur.

SCENE VIII.

DAMON, LISETTE.

DAMON.

CE Valet me ſurprend, il faut que je l'avoüe.

LYSETTE.

Souvent on connoît peu ceux à qui l'on ſe joüe.

DAMON

Que je ſçache du moins le nom de mon Rival,
Je ſuis impatient....

LYSETTE.

D'en dire bien du mal.
Mais ce Valet m'attend, adieu je me retire,
Car nous avons encor quelque choſe à nous dire.

SCENE IX.

DAMON, MARIANNE.

DAMON.

ENfin je dois ceſſer de vous offrir mes vœux;
On me menace ici d'un Rival dangereux,

MARIANNE.

Sa Sœur qui me paroît avoir bien du merite
Est ceans, & m'a fait une longue visite,
M'a parlé de son frere & dit de bonne foy
Qu'il feroit son bonheur de s'unir avec moy :
Mon pere est survenu, tous deux traittent l'affaire,
Et cherchent les moyens d'y disposer ma Mere.

DAMON.

Mais son nom s'il vous plait ?

MARIANNE.

Richesource.

DAMON.

Comment ?
Parlez-vous tout de bon ?

MARIANNE.

Ouy serieusement.

DAMON.

Quoi c'est là ce Rival duquel on me menace,
Et qui doit m'obliger à lui ceder la place ?

MARIANNE.

Ouy, le voici lui-meme.

DAMON.

ô le plaisant Rival !
Je vous déferai moi de cet Original.

SCENE X.

MARIANNE, DAMON, RICHESOURCE.

RICHESOURCE.

Madame... Me voici.

MARIANNE.

Vous ne pouviez mieux dire.

RICHESOURCE.

Ma Sœur vous a parlé, cela doit vous suffire,
Et moi j'ai dit deux mots à Monsieur le Baron,
Qui veut que de mon cœur vous acceptiez le don
Pardevant son Notaire, &...par ainsi... Madame...
Vous voyez que dans peu... vous deviendrez ma
femme.

DAMON.

Ce debut est galant, il enchante, il ravit.

RICHESOURCE.

Oh je sçai bien mon monde.

DAMON.

Ouy, c'est ce qu'on m'a dit.

RICHESOURCE.

Aussi j'ai tous les jours dix Auteurs à ma table.
Ils disent tous que j'ai de l'esprit comme un Diable.

DAMON.

Ah vous pouvez compter sur leur sincerité.

MARIANNE.

Ces Messieurs les Auteurs ne vous ont point flatté.

RICHESOURCE

Ils me trouvent sur tout, certain air de noblesse
Qui frape, qui saisit.

DAMON.

Ouy votre politesse,
Votre abord, vos discours, un esprit vif, orné,
Tout fait voir à l'instant ce que vous êtes né.

RICHESOURCE.

Vous ne vous trompez pas, je suis d'une naissance..
Mon Ecuyer.

L'ECUYER.

Monsieur.

RICHESOURCE.

Que tout mon train s'avance.

L'ECUYER.

Entrez.

RICHESOURCE.

N'ai-je pas là six coquins bien bâtis ?

Franchement à ce train l'on connoit un Marquis.
Cuisinier, Intendant, Sommelier, Secretaire,
Enfin tous mes Valets sont de figure à plaire,
Je les choisis toûjours à cinq pieds de hauteur :
Et mes Chevaux sont aussi d'énorme grandeur.
A propos de Valets, Avez-vous vû mon Suisse ?
Quelle moustache ! Mais j'ai pris à mon service
Certain Valet de chambre, adroit, sage, prudent,
Beau, bien fait, plein d'esprit ; J'en fais mon confident.
Il doit avoir parlé de ma part à Lysette ;
De mon amour pour vous il sera l'interprette,
Car moy, je ne sçai point parler sur ce ton là.
Le connoissez-vous ?

MARIANNE.

Non.

RICHESOURCE.

Je croi qu'il vous plaira.

DAMON.

Par un Ambassadeur expliquer sa tendresse,
C'est s'introduire en Prince auprès d'une Maitresse.
M. de Richesource, il le faut avoüer,
A de ces procedés qu'on ne peut trop loüer ;
Voila sur ma parole un noble Gentilhomme.

RICHESOURCE.

Marquis as tu besoin de quelque grosse somme ?

DAMON.

Tres-obligé, Marquis.

RICHESOURCE.

Les gens de Qualité
Sont souvent sans espece, & moi sans vanité
J'en ai toûjours beaucoup, & j'en puis faire preuve.

DAMON.

C'est que votre noblesse est encor toute neuve.

RICHESOURCE.

Elle est de bon aloy.

DAMON.

Dites-moi, s'il vous plaît,

Combien, quand vous prêtez, prenez-vous d'interêt?

RICHESOURCE

Le plaisir d'obliger fait tous mes avantages.

DAMON.

Votre pere autrefois a bien prêté sur gages,
Et je sçai que du temps qu'il étoit soû-Fermier
Il passoit dans Paris pour un grand Usurier.

MARIANNE.

Le pere d'un Marquis soû-Fermier!

RICHESOURCE.

Médisance.
Regardez, ai-je l'air d'un produit de Finance?

DAMON.

Il est vrai que son Pere étoit hors du commun.
Quand il vint à Paris, un petit habit brun,
Deux écus dans sa poche, un grand fond d'industrie,
Un esprit âpre au gain, beaucoup d'effronterie
Etoient son appannage, & sans nul protecteur,
En six ans il devint haut & puissant Seigneur,
Et par un coup de Maître il fit un Mariage
Qui le mit pour toûjours à l'abri de l'orage.
Pour moi je suis charmé de ces sortes de gens,
Et j'estime bien plus & l'art & les talens
Qui font de ces Messieurs des gens considerables,
Que le faste des Grands qui les rend miserables.

RICHESOURCE.

Mon pere, je le sçais, ne pouvoit pas citer
Un grand nombre d'Ayeux dont il pût se vanter,
Mais il m'a toûjours dit qu'il étoit Gentilhomme.

DAMON.

Il paya sa noblesse une assez bonne somme,
Pour dire que le titre en étoit bien acquis.

RICHESOURCE.

Enfin, quoiqu'il en soit, me voila bien Marquis,
Et j'en sçai plus de vingt qui font figure en France,
Qui doivent comme moi ce titre à la Finance.
D'ailleurs ma mere estoit de si bonne Maison...

DAMON.

Pour cet Article-là vous avez bien raison ;
Oubliez votre Pere, & vous renommez d'elle.

RICHESOURCE.

Soit ; mon Marquisat est un Marquisat femelle ;
La Défunte m'a fait pour soûtenir son rang.

DAMON.

Vous pouvez être au fond d'un très-illustre Sang.
Beaucoup de grands Seigneurs en entrant dans le Monde,
Trouvoient de la Maman la ressource féconde :
Elle étoit liberale, & si belle d'ailleurs....

RICHESOURCE.

Oh parbleu je suis fils d'un de ces grands Seigneurs.
Mais laissons ce discours, aussi-bien il m'ennuye.
Je suis noble de reste en dépit de l'envie,
Pour pouvoir aspirer a me voir votre époux.
On va vous apporter étoffes & bijoux,
Et deux mille Loüis offerts dans cette bourse,
Vous diront que je sors d'une assez bonne source.

MARIANNE.

Ah Ciel ! que m'offrez-vous ?

RICHESOURCE.

Et pourquoi donc ce cri ?

DAMON.

Vous serez trop heureuse avec un tel Mari.
Par les meubles, le train, les habits, les livrées,
Vous obscurcirez tout, jusqu'aux Femmes titrées.
On les verra de vous médire chaque jour,
Et pourtant s'empresser à vous faire la Cour.
Vous tiendrez Table ouverte, & sa délicatesse
Attirera chez vous le Marquis, la Duchesse,
Le Duc, le Prince même ; en un mot tous les Grands
Des Festins délicats Convives très-friands.
Qu'un pied-plat aujourd'hui fasse de la dépense,
On oublie à l'instant son obscure naissance.

RICHESOURCE.

Morbleu je puis lui faire un sort plus gracieux,

Qu'un Mari qui ne peut compter que ses Ayeux.

MARIANNE.

Cet état avec vous ne peut me satisfaire.

RICHESOURCE.

J'avois compté pourtant sur l'honneur de vous plaire :

J'y compte même encor ; & voilà mon Portrait

Dont vous serez charmée ; il me rend trait pour trait.

DAMON.

Prenez ; les Diamants qui parent la peinture

Doivent faire du moins agréer la figure.

MARIANNE.

Pour la faire briller il s'adresse fort mal ;

Je ne veux du Portrait, ni de l'Original.

RICHESOURCE.

Votre Pere pourtant m'a donné sa parole.

MARIANNE.

Je ne vous aime point.

RICHESOURCE.

Mais vous êtes donc fole ?

DAMON.

Remportez vos Bijoux, mon cher Marquis.

RICHESOURCE.

Pourquoi ?

DAMON.

Madame est résoluë à me donner sa foi ;

Moi, je fais mon bonheur de m'unir avec elle :

Voilà tout le mystere.

RICHESOURCE.

Ah, ah, Mademoiselle,

Vous avez le cœur pris ? N'importe, malgré vous....

DAMON.

Cessez votre poursuite, ou craignez mon couroux.

RICHESOURCE.

Moy ?

DAMON.

Vous.

RICHESOURCE. *Il met la main sur la garde de son épée ; & voyant que Damon va faire de même, il dit....*

Hola, mes gens.

MARIANNE *voyant que Damon va pour attaquer Richesource.*

Damon, qu'allez-vous faire ?

RICHESOURCE.

Par la morbleu je vais.... m'en plaindre à votre Pere.

SCENE XI.

MARIANNE, DAMON.

DAMON.

S'Il n'a que ce secours le danger n'est pas grand.

MARIANNE.

On me l'avoit bien dit vous étes Médisant,
Et vous l'avez poussé d'une étrange maniere.

DAMON.

Le dépit m'a contraint à lui rompre en visiere ;
Je ne sçaurois souffrir qu'on traverse mes vœux ;
Et je craindrois bien moins si j'étois plus heureux.
Vous ne répondéz point à l'ardeur qui m'anime.

MARIANNE.

Je vous l'ai déja dit, vous avez mon estime ;
Soyez-en satisfait.

DAMON.

Je me flate qu'un jour
Je pourrai mériter & l'estime & l'amour.

Fin du second Acte.

ACTE III.

SCENE PREMIERE.

LE BARON, LYSETTE.

LE BARON.

Uy contre nos projets ma femme se souleve.
Elle veut disputer sans relâche ni tréve ;
Chaque instant en fournit un sujet tout nouveau.
Qu'une méchante femme est un pesant fardeau !

LYSETTE.

En verité, Monsieur, c'est votre pure faute :
Vous deviez lui tenir la bride un peu plus haute,
Et ne permettre pas que bravant un époux,
Elle osât usurper un plein pouvoir sur vous.
Allons, Monsieur, il faut vaincre votre foiblesse,
Madame a trop long-temps été votre maitresse :
Soyez homme une fois ; & pour vous seconder,
Quand je devrois sortir, je vais tout hazarder.

LE BARON.

J'ai commencé tantôt au sujet de ma Fille.

LYSETTE.

Oüi, vous aviez tout l'air d'un Pere de famille.
Que cela vous sied bien ! vous marquiez dans vos yeux
Je ne sçai quoi de mâle, un air imperieux ...
A vous voir on eût dit que vous étiez le maître.

LE BARON.

Oh parbleu desormais j'ai résolu de l'être.
Ma foi Monsieur Damon vous sortirez d'ici,
Et vous Monsieur mon Fils vous sortirez aussi,
Ou vous épouserez la sœur de Richesource.
Pous vous ma chere Fille....

LYSETTE.

Arrêtez votre course,
Vous vous échauffez trop pour la premiere fois.

LE BARON.

Non, Lysette, j'étois un sot en bon François.

LYSETTE.

Vous vous reconnoissez, j'en tire un bon augure.

LE BARON.

Ton projet est fort bon, & je prétens conclure.

LYSETTE.

Fort bien.

LE BARON,

Malgré ma femme

LYSETTE.

Oüi ; Monsieur le Baron.

LE BARON.

Ce double Mariage enrichit ma Maison.
Si mes Enfans y font la moindre résistance,
Ils verront ce que c'est qu'un Pere qu'on offense.

LYSETTE.

Bon, tant mieux.

LE BARON.

C'est à moy de commander ceans.

LYSETTE.

D'accord.

LE BARON *avec emportement.*

Et la raison, c'est que je le prétens.

En riant : Hem ! n'est-ce pas parler comme il faut à ma femme ?

LYSETTE.

Oüi, mais je suis Lysette, & ne suis pas Madame.

LE BARON.

Je lui dirai bien pis.

LYSETTE.

Vous ? vous n'en ferez rien.

LE BARON.

Taisez-vous, insolente ?

LYSETTE.

Ah ! voilà qui va bien.

Quand on soûtient ses droits, vous voyez comme on brille.

LE BARON.

Mais Lysette, après tout, donnerai je ma Fille

A ce nouveau Marquis ? C'est un sot franchement.

LYSETTE.

Et qu'importe ? Un Mari doit l'être absolument.

Mais marions toûjours Isabelle à Valere :

Ensuite.... Le voici, parlez-lui bien en Pere.

SCENE II.

LE BARON, VALERE, LYSETTE.

LE BARON *gravement.*

APprochez-vous, mon Fils.

LYSETTE.

Bon, c'est bien débuter.

LE BARON.

Voyons si vous aurez le front de résister
Au dessein que j'ai pris touchant votre personne.

VALERE.

Je ne sçai qu'obéïr à ce qu'un Pere ordonne.

LYSETTE *bas au Baron.*

Allons ferme, Monsieur, poussez-le comme il faut.

LE BARON *à Lysette.*

Ay-je bien pris mon ton?

LYSETTE.

Encor un peu plus haut.

LE BARON *encor plus gravement.*

Pour votre sœur & vous j'ai des desseins en tête,
Il faut qu'à m'obéïr l'un & l'autre s'apprête.
Je m'en vais m'expliquer. Sur tout plus de Damon,
Ou bien préparez-vous à quitter la maison.

VALERE.

Mais contre mon Ami, quel sujet vous irrite?

LE BARON.

Son caractere.

VALERE.

Au reste, il a tant de merite....

LE BARON.

Médisant comme il est, pour trencher en deux mots,
Fût-il parfait d'ailleurs, il a mille défauts.

VALERE.

Ce penchant n'est, Monsieur, qu'un défaut de jeunesse.
Comme il m'écoute assez, je l'en reprens sans cesse,
Et j'espere....

LE BARON.

Esperez autant qu'il vous plaira,
Pour ma Fille, jamais il ne l'épousera.

LYSETTE *gravement.*

Monsieur de Richesource est destiné pour elle,
Et nous vous marions à sa sœur Isabelle.

VALERE.

A sa Sœur ? Ah, Monsieur, ne me l'ordonnez pas !

LE BARON.

Comment donc ? Elle est riche, elle a beaucoup d'appas.

VALERE.

Je le crois ; mais enfin un obstacle invincible,
Rend pour moi desormais cette affaire impossible.

LE BARON.

Impossible ?

VALERE.

Sans doute.

LE BARON.

Et pourquoi ?

VALERE.

J'aime ailleurs.

LYSETTE.

Ah ! si vous n'avez pas de prétextes meilleurs,
Vous prendrez à coup sûr, la femme qu'on vous donne.

VALERE.

Non ; je mourrai plûtôt.

LE BARON.

Et quelle est la personne
Qui vous plaît ?

VALERE.

Je ne sçai.

LE BARON.

Vous vous mocquez de moi.

VALERE.

Non mon Pere, je parle ici de bonne foi ;
Celle qui m'a charmé m'est encor inconnuë.

LYSETTE.

Bon, bon, il extravague.

LE BARON.

Où l'avez-vous donc vûë ?

VALERE.

Je la vis hyer au Bal, où son déguisement

Me cacha quelque temps un o[illegible] si charmant ;
Mais sa danse, son air, & sa taille parfaite,
Porterent à mon cœur une atteinte secrette.
Je voulus lui parler pour voir si son esprit
Répondoit dignement à tout ce que que j'ai dit :
Sa conversation me toucha davantage,
Et je brûlois de voir les traits de son visage,
Lorsqu'un homme inconnu tout rempli de fureur,
Par un trait singulier me causa ce bonheur.

LE BARON.

Vous nous contez, mon Fils, de rares avantures.

VALERE.

Il s'emporte contre elle aux plus basses injures.
Que ne lui dit-il point ? J'arrête ce brutal,
Et notre differend alloit troubler le Bal.
L'Inconnuë aussi-tôt, pour finir la querelle
Se démasque : A mes yeux elle paroît si belle,
Que ses charmans attraits s'emparent de mon cœur,
Et contre l'insolent redoublent ma fureur :
Mais si-tôt qu'il la voit, excusez-moi, Madame,
Lui dit-il, je croyois que vous fussiez ma femme ;
Je sçai qu'elle est ici pour certain rendez-vous.
Et sans rien ajoûter, il s'éloigne de nous.

LYSETTE.

Un Mari pour si peu faire un vacarme horrible !

VALERE.

A mon empressement la Belle fut sensible ;
Mais craignant quelque éclat elle sortit d'abord,
Et pour la retrouver je fis un vain effort.
Cependant sa beauté presente a ma pensée,
Par aucun autre objet n'en peut être effacée.

LE BARON

Tout ceci n'est, mon Fils, qu'un galimathias,
Chimere de jeune homme, & je n'en fais nul cas.
Il n'y paroîtra plus dans deux jours, & ce terme....

VALERE.

Souffrez qu'à vos genoux....

LE BARON.

Lysette....

LYSETTE.

Tenez ferme.

VALERE *lui baisant les mains.*

Mon Pere, révoquez une si dure Loi.

LE BARON.

Levez-vous ? *A Lysette :* Le fripon m'attendrit malgré moi.

LYSETTE.

Laissez-moi lui parler à l'écart.

LE BARON.

Soit. Valere

Ecoutez ses avis, vous ne sçauriez mieux faire.

Valere & Lysette vont au fond du Théatre; Valere tourné du coté de Lysette qui lui parle d'action.

SCENE III.

ISABELLE, LE BARON, VALERE, LYSETTE, JAVOTTE.

ISABELLE *à Javotte.*

Pour me persuader tes soins sont superflus.

JAVOTTE.

Demeurons un moment.

ISABELLE.

Tu ne me retiens plus.

LE BARON *sans les voir.*

S'entêter de la sorte !

JAVOTTE.

Ecoutez donc, Madame.

ISABELLE.

Tout se résout ceans par l'ordre d'une Femme ;
Et son peu de raison me fait voir aisément
Que mon Frere s'attache ici très-vainement.
Au Baron : Vous me voyez, Monsieur, tout-à-fait rebutée ;
Ma proposition vient d'être rejettée ;
Madame la Baronne à votre volonté
Oppose un autre hymen par elle projetté ;
Mon Frere lui déplaît, il seroit inutile....

LE BARON.

Non, jamais on n'a vû Femme plus indocile ;
Mais c'est de mes bontez trop long-temps abuser ;
Je connois mon pouvoir, & je veux en user.
Monsieur de Richesource épousera ma Fille.
De plus, si vous voulez entrer dans ma famille,
Je vous offre mon Fils qui sera trop heureux....

ISABELLE.

Tant de bontez, Monsieur, nous honorent tous deux ;
Daignez les conserver en faveur de mon Frere.
Mais pour moi, je n'ai point de réponse à vous faire,
Si ce n'est que mon cœur libre jusqu'à present,
Ne se sent pour l'hymen encor aucun penchant.

LYSETTE *à Valere.*

C'est elle, approchons-nous.

VALERE.

La chose est superfluë.

LE BARON *à Isabelle.*

Peut-être que mon Fils...

ISABELLE.

Non, je suis resoluë
A ne point m'engager sans inclination.

LYSETTE *à Valere.*

Mais voyez-la du moins. Quelle obstination !

LE BARON.

Valere, ici.

ISABELLE *appercevant Valere.*

Javotte !

JAVOTTE.

Eh bien ?

ISABELLE.

Quelle avanture !

VALERE *reconnoissant Isabelle.*

Que vois-je !

LYSETTE.

Ils sont tous deux une étrange figure !
Comment se regarder sans se dire un seul mot.
à Valere. Saluez donc Madame ?

LE BARON.

Ah ! mon Fils n'est qu'un sot.

ISABELLE *au Baron.*

Monsieur est votre Fils ?

VALERE. *à Lysette.*

Madame est Isabelle ?

LE BARON *à Isabelle.*

Vraiment ouy, c'est lui-même.

LYSETTE *à Valere.*

Eh ouy Monsieur, c'est elle.

ISABELLE *à Javotte.*

Je ne puis revenir de mon étonnement.

VALERE.

Je ne sçais ou j'en suis.

LYSETTE.

Oh ça, sans compliment ;
L'extase où je vous voy, qu'est-ce qu'il signifie ?
Est-ce inclination, ou bien antipathie ?

VALERE.

Jamais rien de si beau ne s'offrit à mes yeux,
Et je serois, Madame, au comble de mes voeux ;
Si l'hymen...

LYSETTE.

Alte-là ; votre réponse est claire.
Allons, Madame, à vous.

ISABELLE.

Je dépends de mon frere,
C'est à lui, non à moi, d'ordonner de mon sort.

LYSETTE.

Ah voila qui va bien. *au Baron.* Il faut faire un effort;
C'est à vous maintenant à vous rendre le Maître.
Ces deux personnes-ci vous font assez connoître
Qu'elles ont dans le cœur des dispositions
A se rendre bientôt à vos intentions;
De votre fermeté dépend toute l'affaire.
Faites valoir les droits, & d'Epoux, & de pere,
Pour les unir tous deux par un charmant lien.
Le reste les regarde, ils s'en tireront bien.

LE BARON *à Isabelle.*

M'y voila résolu si vous voulez souscrire...

ISABELLE.

Je vous ai dit, Monsieur, ce que je pouvois dire.
Je n'ai plus que mon frere, il dispose de moi.

LYSETTE *à Valere.*

L'affaire est faite, allons, donnez-lui votre foi.

ISABLLE.

Remettons ce discours, je suis trop interdite.
Adieu.

JAVOTTE *à Lysette.*

Jusqu'au revoir.

LYSETTE.

Comme elle prend la fuite.

VALERE.

Je vous suivrai du moins.

ISABELLE.

Non je vous le défends,
Et je veux être à moi pendant quelques moments.

Elle sort.

SCENE IV.

LE BARON, VALERE, LYSETTE.

LE BARON.

CE changement m'étonne & votre complaisance....

LYSETTE.

Ceci n'est point l'effet de son obéïssance.

LE BARON.

Comment ?

LYSETTE.

Je m'y connois, ils s'en vouloient d'ailleurs;
L'amour avoit pris soin de préparer leurs cœurs.
Monsieur tout interdit, la belle aussi frapée..
C'est la Dame du Bal, ou je suis fort trompée.

VALERE.

Elle-même, & voila ce qui fait que tous deux...

LE BARON.

L'avanture me charme & tient du merveilleux. *La Baronne entre & ecoute.*
Ainsi vous n'aurez plus de peine à me complaire
Et c'est vous qui devez disposer votre Mere
A ne s'opposer point...

VALERE.

Je ferai mon devoir,
Et mon penchant s'accorde avec votre pouvoir.

SCENE V.

LE BARON, LA BARONNE, VALERE, LYSETTE.

LA BARONNE.

Son pouvoir ? Qu'est-ce donc que tout ceci veut dire ?
Est-ce que contre moi tout le monde conspire ?
Avez-vous si bien fait Monsieur mon cher Epoux,
Que vous ayez ligué votre Fils avec vous ?

LYSETTE *au Baron.*

Courage, l'ennemi vient vous livrer bataille.
Défendez-vous. Frapez & d'estoc & de taille.

LE BARON *à Lysette.*

Ne me quitte pas.

LYSETTE.

Non.

LA BARONNE.

Je voy d'où vient cela;
Vous consultez en tout cette coquine-là.
C'est elle qui vous gâte.

LYSETTE *d'un air simple.*

Ah, Madame, au contraire;
Monsieur vouloit sans vous terminer une affaire,
Et moi je lui disois, qu'avant de la finir,
Il faloit vous forcer au moins d'y consentir.

LA BARONNE.

Me forcer ? Moi ?

LYSETTE.

De plus, Monsieur m'a fait entendre
Qu'ayant cedé ses droits il alloit les reprendre;
Que honteux qu'une femme eût tout pouvoir ceans.

Il vouloit à son gré marier ses enfans,
Qu'il donnoit Richesource à sa fille, & Valere
A sa Sœur Isabelle, & moi toute en colere
J'ai dit...que ces projets étoient pleins de raison,
Mais que pour Gendre vous, vous choisissiez Damon;
Qu'en cela, comme en tout, vous seriez la Maîtresse.

LA BARONNE.

Ah, je vous en réponds.

LYSETTE.

Quoi j'aurois la foiblesse,
Quand il faut établir & ma Fille & mon Fils,
De suivre son caprice, & non pas mon avis,
M'a repliqué Monsieur. J'y donnerai bon ordre;
Et je reglerai tout sans qu'elle y puisse mordre,
Ou si son arrogance ose me traverser,
Je sçai par quels moyens il faut la rabaisser.
elle regarde le Baron. Ça voyons donc comment vous soutiendrez la chose,
Ay-je dit, mais toûjours défendant votre cause.
Monsieur a persisté. Voila le resultat,
Vous êtes en presence, entre vous le débat.

LA BARONNE.

Vraiment je viens d'entendre un recit admirable;
au Baron. Quoi, tout ce qu'elle a dit seroit-il veritable?

LE BARON *embarrassé.*

A peu près?

LYSETTE. *vivement.*

A peu près. Je ne ments pas d'un mot;
au Baron, Allons donc

LE BARON.

Eh bien ouy, j'ai long-temps fait le sot,
Mais je ne serai plus l'esclave de ma femme,
Songez à m'obéïr.

LYSETTE.

Vous l'entendez Madame.

LA BARONNE.

Ouy je l'entends fort bien. Je sçai depuis long-

Que le Ciel m'a soumise à vos commandemens,
Et contre mon avis, en pere de famille
Vous pouvez marier Valere & votre Fille,
Je sçaurai respecter les decrets d'un Epoux.

LE BARON.

Voila du fruit nouveau.

LYSETTE.

La griffe est la-dessous.

LA BARONNE.

Mais vous trouverez bon qu'en vous laissant le Maître,
A vos yeux desormais je cesse de paroître,
Et qu'avant d'accomplir la separation,
Je donne à mes enfans ma malediction.

LE BARON.

Oh j'empêcherai bien...

LA BARONNE.

avec emportement. La chose est resoluë,
Il faut qu'on nous separe, ou bien que l'on me tuë.
Ouy merci de ma vie, ou l'on m'assommera,
Ou jamais un Mari ne me commandera.

LE BARON.

J'aime mieux mon repos que mon Fils ni ma Fille,
Et vous laisse le soin de regler ma famille. *Il sort.*

LA BARONNE *à Valere.*

Mon Fils, gardez-vous bien d'un hymen odieux,
Ou ne vous presentez jamais devant mes yeux.
Elle sort.

SCENE VI.

VALERE, LYSETTE.

LYSETTE.

VOila, je vous l'avouë, une maîtresse Femme;

VALERE.

Je crains peu son couroux. Dans le fond de son ame
Elle est au desespoir d'empêcher mon projet,
Et tout mon embarras vient d'un autre sujet.

LYSETTE.

Damon vient.

VALERE.

Laisse-nous.

SCENE VII.

DAMON, VALERE.

DAMON.

PAr quelle humeur bizarre
Depuis un temps, Ami, nous deviens-tu si rare?
On a beau te chercher, on ne te trouve pas.
Quoi la vieille Comtesse a-t-elle tant d'appas
Qu'il faille à tes Amis te derober pour elle?
Parbleu j'irai tantôt lui faire une querelle.
Qu'elle permette au moins que nous t'ayons le jour.

VALERE.

Tu veux absolument donner un mauvais tour
Aux assiduitez que j'ai pour la Comtesse.
Tu sçais que ses bienfaits meritent ma tendresse.

DAMON.

Mais du moins instruis-moi de vos conventions.

VALERE.

Il n'est rien de plus pur que ses intentions.
Elle veut que je puisse avec magnificence
Par le bien que j'aurai soutenir ma naissance,
Et croit que me laisser à moi seul tout le bien,
C'en sera le plus noble & le plus sûr moyen.
Moi pour la confirmer dans une telle idée,

Et bannir des parens dont elle est obsedée,
Je lui rends chaque jour mille soins assidus..

DAMON.

Et ne lui rends tu point quelque chose de plus?

VALERE.

Tu crois ?...

DAMON.

Nous sommes seuls, il faut ne me rien taire;
Parle.

VALERE.

Sur mon honneur, voila tout le mystere.
Après un tel serment, tu me connois trop bien,
Pour croire qu'en ceci je te déguise rien.

DAMON.

Je me suis donc trompé d'une maniere étrange!
Et...

VALERE

Les mauvais esprits prennent toûjours le change.

DAMON.

Ouy, ta Mere en ceci le prenoit comme moi.

VALERE.

Elle a pû soupçonner la Comtesse?

DAMON.

Ouy ma foy.
Nous en avons raillé plus de vingt fois ensemble.
La Baronne. entre nous, n'est pas ce qu'il te semble.
Son maintien reservé n'est qu'affectation,
Et malgré tout l'éclat de sa devotion
Je n'ai jamais connu femme plus médisante,
Epoux. Enfans. Amis, Parents, sur tout la Tante,
Rien ne peut échaper à ses traits mordicans.
Quoique son bien aimé, souvent à tes dépens
Elle se divertit, & se donne carriere.

VALERE.

Que dit-elle de moi?

DAMON.

Que tu tiens de ton pere.
Elle est au desespoir, & se veut bien du mal
De t'avoir copié sur cet Original.

VALERE

VALERE.

Oh laissons ce sujet, & parlons d'autre affaire,
Sur l'hymen de ma Sœur j'ai pressenti ma mere,
Elle est tres-favorable à notre intention,
Et voit avec plaisir ton inclination.

DAMON.

Point. Lorsque je lui dis du bien de Marianne,
Elle applaudit tout haut, mais son cœur me condamne;
Ses discours, ses regards, tout marque son dépit,
Et je ne puis jamais appaiser son esprit
Qu'en avoüant qu'elle a des restes de jeunesse,
Qu'elle merite encor que pour elle on s'empresse;
Elle adjoûte à cela que le Baron est vieux,
Qu'elle sçait un parti qui me conviendroit mieux
Que ta sœur; en un mot, elle me fait entendre
Qu'elle m'aimeroit mieux pour Amant que pour Gendre.

VALERE.

Mais quand d'autres que toi font demander ma Sœur,
Elle refuse tout, & même avec aigreur.

DAMON.

C'est pour dépaïser -.

VALERE.

N'en dis pas davantage;
Je ne puis plus souffrir un discours qui l'outrage,
Et tout autre que toi dans ce même moment
Verroit à quel excès va mon ressentiment.

DAMON.

Tu prends le serieux?

VALERE.

Ay-je tort? Considere
Ce qu'un pareil discours dès l'instant même opere.
J'ai crû jusqu'à present que ma Mere m'aimoit,
Je croyois encor plus, c'est qu'elle m'estimoit,
Et tu me fais penser, juge de ma surprise,
Qu'elle ne m'aime point, & qu'elle me méprise.

DAMON.

Ouy ; Mais par son portrait que je te fais ici,
En revanche tu peux la mépriser aussi.

VALERE.

La consolation est grande, je l'avoüe ;
C'est un trait merveilleux, & digne qu'on le loüe.
Voy jusques à quel point t'aveugle ton penchant,
Et rougis avec moi d'un trait aussi méchant.
Nul ne peut t'effacer par le talent de plaire,
Mais tu fais éclater un mauvais caractere ;
Je ne m'étonne plus qu'on s'empresse à te fuir,
Ton merite ne sert qu'à te faire haïr,
Et de tous tes Amis, par un sort trop funeste,
Je suis presque le seul à present qui te reste.

DAMON.

Parbleu tu le prends là sur un fort joli ton.
Qu'à ton âge il sied mal de faire le Caton !
C'est ce que je disois ce matin à Julie.
Valere a de l'esprit, mais son esprit ennuie.

VALERE.

Je te suis obligé de ta sincerité.

DAMON.

Tu devrois dés long-temps en avoir profité.
C'est pourtant ce qu'on ose appeller médisance.
Dire sur un chacun librement ce qu'on pense;
Chercher le ridicule, & lire au fond des cœurs ;
Peindre ce qu'on y voit, des plus vives couleurs;
Discerner les motifs & peser le merite;
Faire la guerre aux sots, démasquer l'hypocrite;
Voila ce que je fais, je ne m'en défends point.
Plût au Ciel que chacun m'imitât sur ce point.
Ouy, cette liberté, cette exacte Justice
Corrigeroit les sots, & détruiroit le vice.

VALERE.

Il est beau de vouloir corriger son prochain ;
Mais pour y réussir user d'un tour malin,
Joindre le Ridicule à la vive critique,
Et répandre sur tout un venin satyrique,

C'est moins envers les gens user de charité,
Que donner libre essort à ta malignité.

DAMON.

C'est par là qu'on corrige, autrement on ennuie.
Tel rit quand on le prêche, & craint la raillerie;
Sans moi ce vieux Abbé parent de Lysidor
Sous ses faux cheveux blonds se farderoit encor.
Ce petit Magistrat qui toûjours pindarise,
Se croiroit adoré de la vieille Belise,
Si je ne l'eusse pas averti plaisamment
Qu'elle avoit de Damis payé le Regiment.
Un couplet de Chanson que j'ai dit dans le monde
A fait voir de Licas la malice profonde,
Et que depuis qu'il doit sa fortune à Cliton,
Il le fait à la Cour passer pour un fripon.
J'ai mis ce plat Autheur qui loüe à toute outrance
Au point de n'imposer qu'aux benets qu'il encense;
N'est-ce pas par mes traits que nos petits Marquis
N'osent plus au Theatre étaler leurs habits?
Notre jeune Licandre avec sa face éthique
Vouloit passer par tout pour habile critique;
Il ne parloit jamais que d'Actrices, d'Acteurs,
Et d'un ton decisif il frondoit les Auteurs;
Par caprice il blâmoit, ou bien crioit miracle,
Et ridiculement se donnoit en spectacle;
Je l'ai si bien berné, plaisanté là-dessus,
Qu'il s'enyvre à present & ne decide plus.
La prude Celimene en public vertueuse,
Avec son Intendant est tres-peu scrupuleuse.
Le monde à qui la Dame avoit trop imposé
Par les soins que j'ai pris en est desabusé;
C'est-là rendre au public un utile service.

VALERE.

Non, dis plûtôt que c'est lui prouver ta malice;
Je te le dis ici pour la derniere fois,
Toi-même tu te nuis bien plus que tu ne crois.

SCENE VIII.

MARIANNE, DAMON, VALERE.

MARIANNE.

QU'avez-vous fait, Damon, quelle est votre imprudence,
On se plaint en tous lieux de votre médisance ;
Tous nos meilleurs Amis, & les vôtres aussi
Déchaînez contre vous viennent en foule ici,
Et font tous leurs efforts pour vous en faire exclure,
Croyant que notre hymen est prêt à se conclure.
Richesource offensé des discours d'aujourd'hui
Fait agir ses parents offensez comme lui.
Ils sont puissans ; ma Mere en est intimidée,
Et pourroit à la fin être persuadée.
Mon pere qui tantôt n'osoit lui résister,
Pretend de son dessein le faire desister,
Et si vous n'obtenez au-plûtôt son suffrage,
Il pourra mettre obstacle à notre Mariage.

VALERE.

Voila ce qu'ont produit tes bons mots & tes traits.

DAMON *après avoir resvé.*

Je veux être écrasé si je médis jamais.

VALERE.

Ne fais point de serments, l'effort est trop penible.
Promets nous seulement d'y faire ton possible.

DAMON.

Mon possible ? Oh parbleu je vous réponds de moi.
Je ferois encore plus pour vous donner ma foi.
Et d'ailleurs je connois par mon experience
Quels inconveniens produit la médisance,

Tout ce que tu m'as dit n'est que trop confirmé,
Je suis las d'être craint, & je veux être aimé.

VALERE.

Il ne tiendra qu'à toi si tu tiens ta promesse.

MARIANNE.

C'est le plus sûr moyen de gagner ma tendresse.

DAMON.

Et je pourrois encor médire aprés cela !
Que le Ciel....

VALERE.

Doucement.

DAMON.

Mais...

VALERE.

Demeurons-en là.
Je crains...

DAMON.

De mes sermens Valere se défie ?

VALERE.

Ouy.

DAMON.

Si j'y manque, Ami, que je perde la vie.
Ouy, je vais travailler à reparer le mal
Que j'ai fait, en suivant un penchant trop fatal.

MARIANNE.

Allez donc voir mon pere, & lui faites connoître
Que de vous-même enfin vous vous rendez le Maître.
A gagner son estime employez vos efforts.
Dites-lui le projet qu'en ce moment...

DAMON.

Je sors
Pour le chercher. Ami, si tes soins me secondent,
Doutes-tu qu'à mes vœux les effets ne répondent ?
Tu connois bien ton Pere, & sa facilité
Pourroit même passer pour imbecilité.
Ouy. Par son peu d'esprit & sa foiblesse extrême,
Il ne sçait jamais prendre un parti de lui-même;

Il veut être mené. Pour en venir à bout,
Nous prendrons le parti de le flater sur tout.
La loüange est un mets qui le flate & l'enchante,
Pour lui la plus grossiere est la plus excellente.
D'ailleurs il hait ta Mere ; en dire un peu de mal,
C'est lui faire à coup sûr un plaisir sans égal.

VALERE.

Comment j'irai pour toi médire de ma Mere?

DAMON.

Non je prendrai ce soin.

VALERE.

L'aimable caractere!
Puisque pour ton bonheur nos soins sont superflus,
Fais ce que tu voudras, je ne m'en mêle plus.

DAMON.

J'ai tort ; mais prescris-moi ce qu'il faut que je fasse.
Il fuit sans m'écouter. Ah permettez de grace,
Que je suive ses pas, pour calmer son courroux.

SCENE IX.

MARIANNE *seule.*

QUel Ami, juste Ciel! Quel Amant! Quel Epoux!
Je n'avois pû l'aimer ; mais je croyois sans crime
Lui pouvoir accorder la plus parfaite estime,
Et je m'étois flatée au moins en l'épousant
De conserver mon rang, & de fuir le Convent ;
Mais je ne voy que trop....

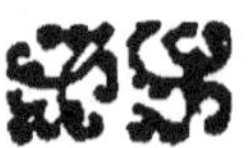

SCENE. X.

MARIANNE, LYSETTE

LYSETTE.

MAdame vous demande.

MARIANNE.

Quoi ?

LYSETTE.

Je parle assez haut, je croi, pour qu'on m'entende.
Je vous dis... Vous rêvez ?

MARIANNE.

Ah, j'en ai bien sujet !

LYSETTE.

Vos vœux vont cependant avoir un plein effet ;
Si vous avez Damon, n'êtes-vous pas contente?

MARIANNE.

Helas !

LYSETTE.

Vous soupirez ? Je suis intelligente.
Ce soupir signifie un tendre souvenir.

MARIANNE.

Lysette, je voudrois un peu t'entretenir.

LYSETTE.

Je le souhaitte aussi, courez chez votre Mere :
Quand vous aurez fini nous parlerons d'affaire.

Fin du troisiéme Acte.

ACTE IV.

SCENE PREMIERE.

LEANDRE, FRONTIN.

FRONTIN.

UY, Monsieur, je l'ai vû tout comme je vous voi.

LEANDRE.

Mon pere ?

FRONTIN.

Ouy.

LEANDRE.

Tu l'as vû ?

FRONTIN.

Vous moquez-vous de moi
De me faire vingt fois dire la même chose ?

LEANDRE.

Mon pere est arrivé ?

FRONTIN.

Mais, Monsieur, si je l'ose,
Je vous dirai tout franc que vous extravaguez.
Pourquoi m'interroger sur ce que vous sçavez ?

LEANDRE.

Je suis au desespoir.

FRONTIN.

Je n'y sçaurois que faire ;

Le fait est vrai pourtant.

LEANDRE.

Que t'a-t-il dit, mon Pere?

FRONTIN.

Bien des choses; d'abord il a voulu sçavoir,
Comme vous jugez bien, si j'avois pû vous voir;
J'ai dit que j'avois pris une peine inutile,
Et qu'on ne vous pouvoit trouver en cette ville.

LEANDRE.

Qu'a-t-il répondu?

FRONTIN.

Rien. Il s'est mis à pleurer.

LEANDRE.

A pleurer?

FRONTIN.

Des deux yeux; je puis vous assûrer
Qu'il se repent bien fort de la dure contrainte..

LEANDRE.

Que dit-il de Lucrece?

FRONTIN.

A vous parler sans feinte
Je doute qu'il vous presse encor sur son sujet.

LEANDRE.

Comment, tu crois cela?

FRONTIN.

Je le crois, en effet.

LEANDRE.

En sçais tu la maison?

FRONTIN.

Il vient de me la dire.
Il vous souvient du jour qu'il voulut vous prescrire
Pour signer le Contrat.

LEANDRE.

Je dois m'en souvenir.

FRONTIN,

Vous lui promîtes tout, pour ne lui rien tenir;
Ce jour étant venu vous fites le malade,
On le crut, mais le soir on sçût votre escapade.

LEANDRE.

Qu'eſt-il beſoin...

FRONTIN.

Jugez de notre étonnement ;
On vous attend un jour, deux jours, mais vainement.

LEANDRE.

Eh bourreau, viens au fait.

FRONTIN.

Donnez-vous patience.
Enfin quand du retour on n'a plus d'eſperance,
Lucrece au deſeſpoir verſe un torrent de pleurs.

LEANDRE.

Que m'importe ?

FRONTIN.

On s'efforce à calmer ſes douleurs ;
La gloire l'aiguillonne, elle ſe tranquiliſe ;
Puis, chante, danſe, rit, à la fin vous mépriſe.

LEANDRE.

Ah tant mieux.

FRONTIN.

Mais l'amour rappelle ſon dépit
Qui juſques à tel point la preſſe, la ſaiſit,
Que par le prompt effet de ſa noire furie...

LEANDRE.

Comment donc, elle meurt ?

FRONTIN.

Non, elle ſe marie.
Quel courage, Monſieur !

LEANDRE.

Peſte ſoit du Faquin.
J'ai craint que ce recit n'eût une triſte fin.

FRONTIN

Vous perdre, & pour Epoux prendre un vieux aſthmatique,
N'eſt-ce pas là pour elle une fin bien tragique ?

LEANDRE.

Mon Pere n'a plus lieu de traverſer mes vœux.

FRONTIN.

Non, mais tout est ceans fort contraire à vos feux ;
Damon & la Baronne ont fait le diable à quatre
Et le Mari, dit-on, n'ose plus les combattre.

LEANDRE.

Je le croi ; mais j'espere au pouvoir de l'Amour,
Et Lysette me flatte encor d'un doux retour,

FRONTIN.

Montrez-vous.

LEANDRE.

Attendons.

FRONTIN.

C'est un point necessaire ;
Car enfin, que sçait-on ? si Monsieur votre pere
Voyant qu'il n'a de vous aucun avis par moi
Alloit venir ici ?

LEANDRE.

Le crois-tu ?

FRONTIN.

Je le croi.
Voulez-vous qu'il vous trouve en ce bel équipage ?

LEANDRE.

Je sçaurai l'éviter, & je serois peu sage
Si je desabusois Richesource d'abord ;
Sa poursuite ceans m'est necessaire encor.
Aux yeux de Marianne il faut enfin paroître,
Mais sans me découvrir à mon prétendu Maître.
Il vient ; as-tu porté chez toi tous mes habits ?
Je te l'avois dit.

FRONTIN.

Ouy.

LEANDRE.

Vas y donc, je te suis.

SCENE II.

LEANDRE, RICHESOURCE.

RICHESOURCE.

Braver à tous moments un homme de ma trempe !
Quoi morbleu, devant lui prétend-il que je rampe,
Et se croit-il en droit de me traiter en fat,
Et de m'exclure ainsi pour un vieux Marquisat ?

LEANDRE.

Vous parlez de Damon ?

RICHESOURCE.

Ah, c'est toi la Fontaine !
Ouy, je veux m'en vanger, ou mourir à la peine.
Nous nous mesurons. Il va voir aujourd'hui
Que je suis par le cœur aussi noble que lui.

LEANDRE.

Quel est votre dessein ?

RICHESOURCE.

Mon dessein ? De me battre
Un contre un, deux à deux, ou quatre contre quatre,
Comme il voudra ; je dois reparer mon honneur,
Et rabaisser l'orgueil de ce petit Seigneur.
Vois-tu bien cette épée ?

LEANDRE.

Ah quelle énorme brette !

RICHESOURCE.

Je l'atteindrai de loin ce mignon de toilette ;
Dès qu'il verra cet arme il parlera plus bas,
Je t'en réponds.

LEANDRE.

Ma foi, ne vous y fiez pas.

Damon a du courage, & la plus longue épée
N'est rien, si par le cœur elle n'est secondée

RICHESOURCE.

Du cœur! En manque-t-on lorsque l'on est Marquis?

LEANDRE.

Quelquefois.

RICHESOURCE.

Je suis donc un lâche à ton avis?

LEANDRE.

Non. Mais il faut un peu vous consulter vous-même.

RICHESOURCE.

Sur quoi?

LEANDRE.

Vous sentez-vous une valeur extrême?
L'avez-vous éprouvée en quelque occasion?

RICHESOURCE.

Bon, je me suis battu vingt fois comme un Lion.

LEANDRE.

L'épée à la main?

RICHESOURCE.

Non, mais je te proteste....

LEANDRE.

Ah, c'est au pistolet.

RICHESOURCE.

Au pistolet? La peste.
Je crains trop l'arme à feu. J'ai fait vingt fois assaut
Contre mon Maître d'Arme & contre son Prevôt:
Je sçai pousser de Tierce, & de Quarte, & de Quinte.

LEANDRE *mettant l'épée à la main.*

Oüi; mais cet objet-ci donne bien plus de crainte,
Quand Damon en fureur s'avancera sur vous.

Il lui allonge une Botte, & Richesource fuit:

Ah! ah!

RICHESOURCE.

Oh j'ai déja perdu tout mon courroux.

A te dire le vrai cette pointe me choque,
Et je crois entre nous ma valeur équivoque.
Qui voudra se signale en ces nobles combats ;
Mais quand la pointe en est, je ne m'y frotte pas.

LEANDRE.

N'allez donc point vous battre.

RICHESOURCE.

Ah morbleu, c'est dommage ;
Car un fleuret en main, je me sens du courage.
Mais toi tu me parois un fort brave garçon :
Tu pourrois me vanger.

LEANDRE.

Et de quelle façon,
Monsieur ?

RICHESOURCE.

J'ai mon cousin le Comte de Bienville,
Qui dans peu de Province arrive en cette Ville ;
Sa personne à coup sûr n'est point connuë ici.
T'y connoît-on ?

LEANDRE.

Moi ? point. Quel sujet ?...

RICHESOURCE.

Le voici.
Si tu veux du Cousin faire le personnage,
Et t'offrir sous son nom dans un riche équipage,
Tu pourras à coup sûr m'être d'un grand secours :
J'irai dire au Baron que depuis quelques jours
Ce Cousin est chez-nous ; & qu'ayant vû sa Fille,
Il brûle autant que moi d'entrer dans sa famille :
Que ma seule poursuite arrêtoit son dessein.
Mais que comme je vois que je m'empresse en vain ;
Que pour moi Marianne a de la répugnance ;
Que d'ailleurs mon Cousin est de haute naissance,
Riche, bienfait, j'ai pris la résolution
De lui céder ma place & ma prétention.

LEANDRE.

Qu'en résultera-t-il ?

RICHESOURCE.

Le Baron est facile ;
Il appuira d'abord le Comte de Bienville.
Tu paroîtras. Damon enragé contre toi
Prétendra te traiter comme il m'a traité moi :
C'est alors qu'il faudra signaler ta vaillance,
Le rosser comme un Diable, & hâter ma vangeance.

LEANDRE.

Ce projet me paroît assez bien inventé.

RICHESOURCE.

Il ne tiendra qu'à toi qu'il soit executé.

LEANDRE.

J'y consens volontiers.

RICHESOURCE.

Que ma joye est extrême !

LEANDRE.

Vous servir en ceci, c'est me servir moi-même:

RICHESOURCE.

Pourquoi ?

LEANDRE.

Vous en sçaurez quelque jour la raison.
Je vais me préparer. Allez voir le Baron ;
Il faut tout au plûtôt entamer cette affaire.
Vantez bien le Cousin.

RICHESOURCE.

C'est ce que je vais faire.

SCENE III.

LEANDRE, VALERE.

VALERE *entre en resvant.*

J'Ai pû lui pardonner ! Ah ! je dois en rougir.

LEANDRE *sans le voir.*

A Marianne enfin je puis me découvrir
Sans que l'on me connoisse ; & toute ma ressource....

VALERE *apperçoit Leandre.*

Que cherchez-vous ici ?

LEANDRE.

Monsieur de Richesource
Mon Maître.

VALERE.

Comment donc, vous êtes son Valet ?

LEANDRE.

Oüi, Monsieur.

VALERE.

Je vous plains.

LEANDRE.

C'est sans aucun sujet.
Quoique la servitude ait de desagréable,
Elle n'a rien chez-lui qui ne soit supportable.

VALERE.

Rarement de son Maître un Valet parle ainsi ;
Votre réponse veut que je m'explique ici.
Je ne vous ai pas plaint de servir un tel Maître,
Mais je plains votre état ; & sans trop vous connoître,
Par votre air, vos discours, je juge tout d'abord
Que vous meriteriez, sans doute, un meilleur sort.

LEANDRE.

Vous m'honorez beaucoup. En effet, je puis dire
Que je n'étois pas né pour servir ; j'en soûpire :
Mais peut-être qu'un jour je serai plus heureux,
Et que l'Amour aussi comblera tous vos vœux ;
Vous aimez Isabelle, Isabelle vous aime.

VALERE.

Comment le sçavez-vous ?

LEANDRE.

Je le sçai d'elle-même,
Ou du moins de son Frere ; & cette aimable Sœur

Vient de lui confier le secret de son cœur.
Je vous dirai bien plus.
VALERE.
Quoi donc ?
LEANDRE.
C'est qu'Isabelle
Avoit crû qu'aujourd'hui vous viendriez chez elle.
VALERE.
Ah ! faut-il qu'un Ami ?...
LEANDRE.
Je voi votre embaras :
Vous ménagez Damon ; il ne merite pas
Que pour lui vous fuyïez une aimable Maîtresse,
Digne objet de vos soins & de votre tendresse.
VALERE.
Je vais lui protester....
LEANDRE.
Differez un moment.
VALERE.
Pourquoi ?
LEANDRE.
C'est que Clitandre est chez-elle à present.
VALERE.
Clitandre ?
LEANDRE.
Il est ami de Damon, je m'étonne....
VALERE.
Je connois fort son nom, mais non pas sa personne.
LEANDRE.
C'est ce Mari jaloux qui hyer au soir au Bal
Crut qu'elle étoit sa femme, & la traita si mal.
VALERE.
Ah ! qu'entens-je ?
LEANDRE.
Il a sçû que c'étoit Isabelle ;
Et s'est venu d'abord excuser auprès d'elle.
Du fracas qu'il a fait il accuse Damon

Dont les discours malins l'avoient mis en soupçon:
Il dit que c'est à tort qu'on accusoit sa femme,
Qui s'est justifiée; & cette jeune Dame
Sçachant que c'est Damon qui vouloit l'outrager,
Veut le perdre ceans, afin de se vanger.

VALERE.

Quelque indigne qu'il soit de l'appui de ma Mere,
Je m'en vais le presser d'appaiser cette affaire.
Adieu, faites qu'ici je puisse vous revoir.

LEANDRE.

Je ressens vos bontez, & je sçai mon devoir.

SCENE IV.

LEANDRE, LYSETTE.

LYSETTE.

AH vraiment voici bien une une autre Comédie,
Il nous vient un Mari de Basse Normandie.
Qui diable est ce Cousin, qu'on va nous presenter?
Ce Comte de Bienville est propre à tout gâter.
Le Baron qui connoît son bien & sa naissance,
Vient de faire serment d'user de sa puissance
Pour conclure avec lui, s'il le veut dès ce jour;
Et ceci pourroit bien vous perdre sans retour.
Vous deviez l'empêcher.

LEANDRE.

L'empêcher? Au contraire
Je serai le Cousin.

LYSETTE.

Vous?

LEANDRE.

Moi.

LYSETTE.

J'entends l'affaire.

LEANDRE.

Je reviens à l'instant, gardez bien le secret,
Et sur tout préparez le succès du projet :
Vous sçaurez les raisons....

LYSETTE.

Je comprends votre adresse :
Allez, je vais sonder le cœur de ma Maîtresse.

SCENE. V.

LYSETTE *seule.*

ON ne peut rien de mieux, & nous pourrons sçavoir....

SCENE VI.

MARIANNE, LYSETTE.

MARIANNE.

AH, Lysette !

LYSETTE.

Quoi donc ?

MARIANNE.

Je suis au desespoir ;

Tu sçais qu'on me propose un nouveau Mariage.

LYSETTE.

Vraiment, j'y vois pour vous un fort gros avantage.

MARIANNE.

Du jour au lendemain je me livrerai moi,
Sans connoître celui qui recevra ma foi ?

LYSETTE.

Ne vous allarmez point, je vous répons d'avance ;
Que vous aurez tous deux bien-tôt fait connoissance.

MARIANNE.

D'un grand nom, d'un grand bien je fais fort peu de cas,
Si le cœur & l'esprit ne les relevent pas.

LYSETTE.

Trouvez-vous en Damon dequoi vous satisfaire ?

MARIANNE.

Lysette, avec douleur j'y vois tout le contraire.
J'avois crû tout au moins le pouvoir estimer,
Ayant perdu celui qui m'avoit sçû charmer ;
Mais je l'ai mal connu. Plus notre hymen s'apprête,
Et moins je m'applaudis d'une telle conquête.
Faut-il t'avoüer tout ? je sens incessamment
Mon cœur s'interesser pour mon premier Amant.
Je voulois par l'oubli punir le sien, Lysette ;
Mais plus il me neglige, & plus je le regrette.

LYSETTE.

Ma foi vous me charmez quand vous parlez ainsi,
Peut-être votre Amant n'est-il pas loin d'ici ;
J'ai des pressentimens dont je veux vous instrüire,
Et j'avois negligé tantôt de vous les dire.

MARIANNE.

Non, j'ai lieu de penser que Leandre me fuit ; Lysette.

LYSETTE.

Cependant je l'ai vû cette nuit.

MARIANNE.

Cette nuit ?

LYSETTE.

En dormant. Je fais de jolis ſonges
Quelquefois, & ſouvent ce ne ſont point menſonges.
Je gage qu'à l'inſtant je vous fais ſon portrait.

MARIANNE.

Voyons?

LYSETTE.

Il m'a paru fort grand & fort bien fait.

MARIANNE.

Bon, enſuite?

LYSETTE.

Il avoit une perruque blonde,
De grands yeux, & les dents les plus belles du monde;
Une bouche vermeille, un teint vif & charmant,
Les traits fort réguliers, un air tendre & touchant,
Un fort beau ſon de voix, une jambe très fine,
Un air aisé, mais noble.

MARIANNE.

Ah Ciel! je m'imagine
Que je le vois encor; le voilà tel qu'il eſt.
Te parloit-il de moi?

LYSETTE.

Croyez-vous, s'il vous plaît,
Qu'il me fût apparu s'il n'eût eu rien à dire?
Il faut voir de quel air il contoit ſon martyre.

MARIANNE.

Pour qui?

LYSETTE.

Pour vous, Madame.

MARIANNE.

Ah, douce illuſion!
Mais Lucrece?

LYSETTE.

Eſt l'objet de ſon averſion.

MARIANNE.

Il l'a donc épouſée?

LYSETTE.

Il eſt vrai par l'uſage
Que rarement l'Amour ſurvit au mariage :
Mais ce n'eſt point cela qui vous rend votre Amant,
On l'a ſur ce ſujet preſſé très-vainement ;
La veille de la nôce il s'eſt mis en campagne,
Pour voler à Paris du fond de la Bretagne.
J'ai reſvé tout cela.

MARIANNE.

Que n'en vois-je l'effet ?

LYSETTE.

Bon, j'ai ſongé de plus qu'il s'étoit mis Valet
Pour dépaïſer ceux qui le cherchent peut-être,
Et pour venir ceans ſans ſe faire connoître.

MARIANNE.

Quelle fidelité ! Mais pourquoi me flater ?
Tout ceci n'eſt qu'un ſonge.

LYSETTE.

Il peut s'executer.

MARIANNE.

Et ce Couſin, Lyſette ?

LYSETTE.

Il faut nous en défaire,
A moins que par hazard il n'ait dequoi vous plaire.

MARIANNE.

Tu peux compter d'avance....

LYSETTE.

Eh ne jurons de rien.

MARIANNE.

Pourquoi ?

LYSETTE.

J'ai vû quelqu'un qui m'en a dit du bien.

MARIANNE.

Il n'importe.

LYSETTE.

Et ſelon ce que j'en viens d'apprendre
Il peut fort bien tenir la place de Leandre.

MARIANNE.

Après ce que tu ſçais, c'eſt vouloir m'outrager
Que de croire qu'un autre....

LYSETTE.

Et moi je vais gager
Que vous applaudiſſant de vous en voir aimée,
Si-tôt qu'il paroîtra vous en ſerez charmée.

MARIANNE.

Ah finiſſons de grace un ſemblable diſcours !
J'attendois de ta part un utile ſecours :
Mais puiſqu'à mon amour tu te montres contraire,
J'ai honte de l'aveu que je viens de te faire.
Pourquoi de mon Amant viens-tu m'entretenir,
Si pour d'autres que lui tu veux me prévenir ?

LYSETTE.

C'eſt que ce Couſin-là merite bien qu'on l'aime.

MARIANNE.

Non, Lyſette, fût-il plus beau que l'Amour même,
Plus charmant que Leandre ; & c'eſt dire encor plus,
Ses ſoins pour l'effacer ſeroient tous ſuperflus.

LYSETTE.

Ah vraiment s'il ſçavoit ce que je viens d'entendre,
Il auroit bien-tôt pris le parti qu'il doit prendre !

MARIANNE.

Empêche, ſi tu peux, qu'il ne vienne me voir.

LYSETTE.

Je n'en ai le deſſein, ni même le pouvoir ;
Mais je vous promets bien que je m'en vais l'inſtruire
De tout ce qu'à l'inſtant vous venez de me dire.

SCENE VII.

MARIANNE *ſeule.*

C'Eſt beaucoup d'avoir pû la porter à ce point,
Et s'il eſt galant homme il n'inſiſtera point.

SCENE VIII.

LE BARON, MARIANNE.

LE BARON.

MA Fille, vous sçavez quel époux je vous donne,
On en dit mille biens ; mais il doit en personne
Venir içi tantôt, à ce que l'on m'a dit :
Voyez s'il vous convient ; vous avez de l'esprit,
Et vous en jugerez beaucoup mieux que tout autre ;
Ma résolution suivra de près la vôtre :
Vous ne serez contrainte en rien sur son sujet ;
Mais si vous le goûtez, je suivrai mon projet,
Hors Damon que j'exclus & que je dois exclure,
Sans avoir votre aveu je ne veux rien conclure.

MARIANNE.

Et moi, loin d'abuser de toutes vos bontez,
Je ne me reglerai que sur vos volontez.

LE BARON.

C'est bien répondre : Adieu, je sors pour une affaire,
Où Lysimon m'écrit que je suis necessaire.
Un de ses bons Amis est arrivé chez-lui,
Et souhaiteroit fort me parler aujourd'hui.
Je vais voir ce que c'est, & reviens tout à l'heure.

SCENE IX.

SCENE IX.

MARIANNE, LYSETTE.

LYSETTE.

PLace, place au Cousin.

MARIANNE.

Il vient donc?

LYSETTE.

Oüi. Je meure
Si j'ai jamais rien vû de si charmant. Ma foi
Si vous n'en voulez point, je le prendrai bien moi.

SCENE X.

MARIANNE, LEANDRE, LYSETTE.

LEANDRE.

DOis-je chercher, Madame, ou fuir votre presence?
Puis-je me presenter après six mois d'absence?
M'avez-vous oublié? Me reconnoissez-vous?
M'est-il permis encor d'embrasser vos genoux?

MARIANNE.

Dans quel étonnement cet incident me plonge!
Je doute si je veille.

LYSETTE.

Ay-je fait un bon songe?

MARIANNE.

Lysette, soûtiens-moi.

LYSETTE.

D'où vient cette vapeur?
Est-ce que le Cousin vous a fait si grand peur?

LEANDRE.

Ouvrez les yeux, Madame, ou votre Amant expire.

MARIANNE.

Ah, Leandre! est-ce vous?

LEANDRE.

Je n'ose vous le dire.

MARIANNE.

C'est Leandre: Mes yeux le retrouvent en vous,
Et mon cœur me le dit par des transports si doux....

LEANDRE.

O Ciel! en ma faveur vous parle-t-il encore?

MARIANNE.

Je vous aime toûjours.

LEANDRE.

Et moi je vous adore.
Mais puis-je me flater d'être cher à vos yeux,
Lorsque vous écoutez un Rival odieux?

MARIANNE.

Mais vous qu'un Pere avoit destiné pour une autre,
En doutant de mon cœur, me gardez-vous le vôtre?
Etes-vous libre encor?

LEANDRE.

J'aurois péri cent fois
Plûtôt que d'obéïr à de si dures Loix:
Oüi, je suis tout à vous.

MARIANNE.

Et moi je vous déclare
Que je mourrai cent fois plûtôt qu'on nous sépare:
Je vous vois, vous m'aimez, je vous donne ma foi

Que nul autre que vous ne m'obtiendra de moi.

LEANDRE.

Des maux que j'ai soufferts trop douce récompense !
Vous me rendez le jour, me rendant l'esperance.

LYSETTE.

Comment donc ce Cousin est Leandre en effet ?

MARIANNE.

Tu le sçavois, Lysette.

LYSETTE.

Oüi, vous êtes au fait.
Mon songe que tantôt vous aviez peine à croire,
Est une verité, voilà toute l'histoire.
Par ce détour adroit j'ai trouvé le moyen
De sonder votre cœur en vous ouvrant le sien.
Vous vous aimez toûjours, la chose est très-certaine ;
Songeons à vous unir par une étroite chaîne.
Mais pour venir à bout d'un si juste dessein,
Le mal est qu'il faut faire encor bien du chemin.

SCENE XI.

MARIANNE, LEANDRE, RICHESOURCE, LYSETTE.

RICHESOURCE *à Marianne.*

Puisque je n'ai pas pû vous donner dans la vûë,
Vous allez de ma main du moins être pourvûë ;
Mon Cousin.... Le voici ! l'estre qu'il est paré !
Comment le trouvez-vous ?

MARIANNE.

Il est fort à mon gré.

RICHESOURCE.

Quoi, serieusement ?

LYSETTE.

Oh la chose est très-sûre,
Dès qu'on sera d'accord, ils sont prêts à conclure.

RICHESOURCE *à Marianne*.

Tout de bon ?

MARIANNE.

Oüi, Monsieur.

RICHESOURCE.

Vertubleu, le Cousin
En peu de temps, me semble, a bien fait du chemin.

MARIANNE.

Vous avez des parens d'un merite suprême ;
A peine les voit-on, qu'aussi-tôt on les aime.

LYSETTE.

Oh pour cela, Monsieur est bien apparenté.
Mais n'admirez-vous pas sa generosité ?
Il vous offre sa main, ce don vous importune ;
Il veut bongré, malgré, faire votre fortune.
Que fait-il ? il vous donne un Cousin, un Epoux,
Que l'Amour tout exprès avoit formé pour vous.
En verité, Monsieur, ce procedé m'enchante.

MARIANNE.

Vous verrez à quel point j'en suis reconnoissante,
Et combien vos presens me sont chers.

RICHESOURCE.

Cet aveu....

LYSETTE.

N'auriez-vous point pour moi quelque arriere-neveu ?
J'aime bien vos parens.

RICHESOURCE.

L'eau te vient à la bouche.

A Marianne : Enfin pour ce garçon vous n'êtes point farouche.

MARIANNE.

Si je l'ai pour époux, vous comblerez mes voeux.

LEANDRE *lui baisant la main.*

Vous me charmez, Madame, & je suis trop heureux....

RICHESOURCE *le tirant.*

Monsieur mon cher Coûsin, vous allez un peu vîte;
Bride en main, s'il vous plait, ou retournez au gite.

LEANDRE.

De quoi vous plaignez-vous, vous l'avez souhaité?

RICHESOURCE.

Oüi, mais je vois ici certaine privauté
Dans un premier abord, que j'ai peine à comprendre;
Et....

LYSETTE.

C'est la sympathie, on ne peut s'en défendre.
Il est des nœuds secrets, il est....

RICHESOURCE.

J'ai le chagrin
De voir que de plein-saut on se livre au Cousin;
Et moi tout franc je joüe un fort sot personnage.

LEANDRE *tirant Richesource à l'ecart.*

Je fais bannir Damon, que faut-il davantage?
Si vous parlez encor, adieu notre projet.

RICHESOURCE.

Mais puis-je lui laisser épouser mon Valet?
Car au train qu'elle prend, elle est Fille à le faire.

LEANDRE.

Ne vous allarmez pas, je conduirai l'affaire
A son point, & bien-tôt....

SCENE XII.

MARIANNE, DAMON, LEANDRE, RICHESOURCE, LYSETTE.

DAMON *à Marianne.*

Mes soins ont réüssi,
Valere en ma faveur s'est enfin radouci,
Et j'ai si bien promis de ne jamais médire,
Qu'il n'empêchera point le bonheur où j'aspire.
Que vois-je? Richesource est encor en ces lieux?

RICHESOURCE.

Oh je ne suis pas prêt à faire mes adieux,
Et voilà mon Cousin qui charmé de Madame
Vient aussi de lui faire un aveu de sa flâme.
Nous allons l'épouser, l'un ou l'autre s'entend;
Car tous deux à la fois ce seroit trop.

DAMON.

Comment,
C'est-là votre Cousin?

RICHESOURCE.

Oüi, mon Cousin lui même,
Beau, jeune, bien tourné, d'une valeur extrême;
Il vous en convaincra bien-tôt par les effets.

DAMON.

Ah! ah! de vos parens vous faites vos Valets?
Mais je suis maintenant au fait de cette affaire,
Monsieur étoit Neveu de défunt votre Pere;
Et par cette raison je ne m'étonne pas
Si vous l'avez tiré d'un étage si bas.
Heureusement pour vous il est d'une figure
A cacher aisément une naissance obscure.

Des Financiers Marquis j'admire le bonheur,
Ils ont mille parens qui leur font peu d'honneur;
Mais pour les déguiser leur méthode est si fine,
Qu'on ignore bien-tôt d'où vient leur origine.
Cependant je suis las de pareils concurrens;
Renvoyez ce Marquis & ses nobles parens:
Ou si vous refusez de punir leur audace,
Je sçaurai les contraindre à me laisser la place.

LEANDRE *fierement*.

Doucement, s'il vous plaît, vous me connoissez mal,
Je vous ai ce matin menacé d'un Rival:
Vous le voyez en moi, prêt à vous satisfaire....

RICHESOURCE.

Sçachez qu'il est Neveu de Madame ma Mere,
Noble par consequent tout aussi-bien que vous.

LEANDRE.

Je me ferai bien-tôt connoître aux yeux de tous,
Et mon nom....

RICHESOURCE.

Pour trancher un discours inutile,
C'est Monsieur mon Cousin le Comte de Bieuville.

DAMON.

Lui? Comment, vous osez vous donner un tel nom?
Vous voulez imposer à Monsieur le Baron?
Certes, je suis surpris d'une telle impudence;
Le Comte de Bienville est de ma connoissance,
Et nous avons servi tous deux en même temps....

RICHESOURCE.

Ce diable d'homme-là connoit tous mes parens.

DAMON.

Le Comte de Bienville est un basset fort mince,
Qui sent de deux cent pas le Noble de Province,
Homme de peu d'esprit, assez plein de valeur,
Fort grand fripon au jeu, du reste homme d'honneur.
Le voilà tel qu'il est, puisqu'il faut vous instruire....

MARIANNE.

Vous aviez tant promis de ne jamais médire.
Adieu, je ne puis plus vous voir à tous momens
Déchirer tout le monde, & fausser vos sermens.

DAMON.

Madame, permettez que je me justifie.

MARIANNE.

Vous me parlez en vain.

DAMON.

Il y va de ma vie;
Je ne vous quitte point. *A Leandre*: Nous nous verrons tantôt,
Et je sçaurai vous faire expliquer comme il faut.

LEANDRE.

Loin de vous eviter, je m'en vais vous attendre.

SCENE XIII.

LEANDRE, RICHESOURCE.

LEANDRE.

Vous voyez que Damon n'a plus rien à prétendre;
Mais je crains la Baronne, & pour parer ses coups
Il faut gagner Valere, & qu'il parle pour nous.

RICHESOURCE.

Comment faire?

LEANDRE.

Allons voir un moment Isabelle,
Et tâchons de le faire expliquer avec elle.

RICHESOURCE

C'est bien dit, jusqu'au bout je suivrai mon projet,
Et je suis trop heureux d'avoir un tel Valet.

Fin du quatriéme Acte.

ACTE V.

SCENE PREMIERE.

LE BARON, LE MARQUIS.

LE BARON.

QUOIQUE nous ne puissions encor bien nous connoître,
Et que notre amitié ne fasse que de naître,
Je vous dirai pourtant qu'en cette occasion
Vous marquez trop de crainte, & trop d'affliction.

LE MARQUIS.

Puis-je trop m'affliger lorsque je considere
Que ma dureté seule a causé ma misere,
Et le malheur d'un Fils qui meritoit d'avoir
Un Pere, qui sçût mieux user de son pouvoir?
Ah! j'ai trop merité la douleur qui m'accable,
Il aimoit votre Fille autant qu'elle est aimable;
Pour vaincre, pour forcer son inclination,
J'ai tout fait, tout tenté: Vaine précaution!
Il m'a trompé; mais loin de blâmer sa conduite,
Je conviens qu'il me rend les maux que je merite.

LE BARON.

J'espere que bien tôt vous en verrez la fin.

LE MARQUIS.

Puisqu'il n'est point ceans, vous l'esperez en vain;

A d'éternels regrets sa fuite me condamne.

LE BARON.

Je vais sur ce sujet parler à Marianne ;
Elle sçait que ma Femme a fait choix de Damon,
Et veut le soûtenir contre droit & raison :
Ce motif a pû seul l'engager au silence ;
Et Leandre d'ailleurs craignant votre vangeance,
A pû venir ceans, & se cacher si bien,
Qu'ils se soient vûs tous deux sans qu'on en ait sçû rien.

LE MARQUIS.

Plût au Ciel !

LE BARON.

Je m'en vais éclaircir ce mystere,
Pour en venir à bout je sçai ce qu'il faut faire.

LE MARQUIS.

Moi, je vais un moment rejoindre Lysimon,
Nous reviendrons ensemble.

LE BARON.

Allez.

SCENE II.

LE BARON, DAMON.

DAMON.

C'Est le Baron.
Je veux adroitement gagner sa confiance.
Puis-je vous demander un moment d'audiance
Monsieur?

LE BARON *à part.*

Tres-volontiers. J'entrevoy son dessein:
Il veut me regaler aux dépens du prochain.

DAMON.

J'ai toujours eu pour vous un dévoûment sincere,

Et vous respecte encor, comme mon propre Pere.

LE BARON.

Tres-obligé, Monsieur.

DAMON.

Vous le meritez bien.

LE BARON *à part.*

Il a beau me flater, il n'avancera rien.

DAMON.

En effet, qui pourroit n'en user pas de même?
On voit briller en vous un merite suprême.
Tout ce que vos Ayeux ont eu separément,
L'honneur, la probité, l'esprit, l'entendement,
La droiture de cœur, la vertu, le courage;
Tout cela forme en vous un parfait assemblage
Qui vous fait en tous lieux à tel point admirer
Qu'un flateur sur cela ne peut exagerer.

LE BARON *à part.*

Ce discours jusqu'ici ne peut blesser personne.

DAMON.

Quoique vous rejettiez tout l'encens qu'on vous donne,
Que votre modestie une fois seulement,
De ce que vous valez, convienne franchement.
Ce n'est pas d'aujourd'hui que je sçai qu'on l'irrite,
Dès qu'on veut devant vous loüer votre merite,
Mais il faut, dût sur moi tomber votre courroux,
Dire ici comme ailleurs ce que j'admire en vous.

LE BARON *à part.*

Ce garçon là vraiment a de la politesse.
Finissez votre éloge.

DAMON.

Oh je ne puis sans cesse
Me priver du plaisir d'encenser vos vertus.

LE BARON.

Vous vous êtes bien tard avisé là-dessus.

DAMON.

C'est que...

LE BARON.

Je sçai fort bien que vous aimez ma Fille,
Vous avez jusqu'ici menagé ma Famille,
A ma Femme sur tout vous faites votre Cour;
Vous ne m'avez pas dit un mot jusqu'à ce jour.

DAMON.

Je craignois d'offenser Madame la Baronne.

LE BARON.

Il est sincere au moins.

DAMON.

ô l'étrange personne!
Veut-on marquer pour vous quelque ménagement;
C'est vouloir encourir tout son ressentiment;
Vous lui laissez ici l'autorité supreme,
On cherche son appui, blâmez-vous en vous-même.

LE BARON.

Il a parbleu raison. Je suis un pauvre esprit.

DAMON.

C'est ce qu'à tout moment la Baronne me dit.

LE BARON.

L'insolente!

DAMON.

Après tout, Est-il rien plus infame
Que d'être absolument gouverné par sa femme?
C'est l'unique défaut que je voyois en vous.
J'en ai gemi cent fois. Il me sera plus doux
De tenir mon bonheur d'un homme respectable
Monsieur, que d'une femme aussi déraisonnable.

LE BARON.

Vous la connoissez bien!

DAMON.

Si je la connois, moi?
Voulez-vous que je parle ici de bonne foi?

LE BARON.

Vous me ferez plaisir.

DAMON.

J'entrevois avec peine
Jusques où va pour vous son mépris & sa haine.

A toute heure du jour elle médit de vous ;
Cela me met souvent dans un si grand courroux. ...

LE BARON.

C'est un Diable.

DAMON.

Il est vrai. Je lui faisois entendre
Qu'il faloit votre aveu pour être votre Gendre.
Son orgueil fut si bien piqué de ce discours
Que nous fûmes broüillez pendant deux ou trois jours,
Et je ne pûs jamais finir notre querelle
Qu'en avoüant tout net que vous dépendiez d'elle,
Bien résolu pourtant de ne conclure point,
Si je n'obtenois pas votre aveu sur ce point.

LE BARON.

C'est que vous sentez bien qu'au fond je suis le Maître.

DAMON.

Non vous ne l'êtes pas, mais vous devriez l'être.

LE BARON.

Me diriez-vous cela devant ma femme.

DAMON.

Bon !
Je serois dès l'instant exclus de la Maison.
Sur ses droits prétendus vous sçavez qu'elle est vive;
Et par droit de Devotte elle est vindicative.
Quelle devotion qui ne peut corriger
La colere, l'orgueil, l'ardeur de se vanger?
Qui ne met dans l'esprit, égards, ni bienséance,
Foule aux pieds les devoirs, usurpe la puissance,
Et qui n'a d'autre effet qu'un grave exterieur,
Laissant les passions les maîtresses du cœur.

LE BARON.

La voila trait pour trait.

DAMON.

Si cela vous irrite...

LE BARON.

Oh point, vous la loüez comme elle le merite.
Si je puis une fois faire un effort sur moi,

Je la rangerai bien.

DAMON.

Vous m'excusez je croi
De ce que je me prête à son humeur bizarre,
Puisque mes sentiments qu'ici je vous déclare
Sont tels que vous devez en être satisfait.

LE BARON.

Ouy, Monsieur, j'en serois fort content en effet;
Et je sens que bientôt vous m'auriez gagné l'ame,
Si vous ne médisiez jamais que de ma femme.

DAMON.

Oh je ne médis plus, j'ai pris cela sur moi.

LE BARON.

Et que faites-vous donc ? parlons de bonne foi.
Jamais où vous serez on ne vivra tranquille;
Ma femme ne veut point du Comte de Bienville,
Elle vient même encor de me jurer tout net
Qu'elle ne démordroit jamais de son projet;
Pour ne point m'emporter j'ai gardé le silence,
Mais à la fin parbleu je perdrai patience.
Pour ne nous point forcer à quelque éclat fâcheux
Daignez porter ailleurs & vos soins & vos voeux;
C'est moi qui vous en prie & qui vous fais excuse,
Si...

DAMON.

Mais puis-je souffrir qu'un fripon vous abuse ?

LE BARON.

Comment donc, on m'abuse?

DAMON.

Ouy je puis le prouver,
Et je le prouverai quoiqu'il puisse arriver.
Ce Cousin prétendu qu'on vous offre pour Gendre,
Sous un nom supposé cherchoit à vous surprendre.
Moi qui connois le Comte, & qui l'ai vû cent fois,
J'ai confondu tantôt l'Imposteur, & je vois...

LE BARON.

Oh oh ! quel homme donc est-ce que ce peut être ?

DAMON.

Je ne sçai, mais dans peu je prétends le connoître,

Cependant, ce qui doit vous surprendre aujourd'hui
Marianne paroît avoir du goût pour lui;
L'intrigue à débroüiller est assez difficile;
Mais enfin ce n'est point le Comte de Bienville.

LE BARON.

Certes, vous me donnez un avis important,
Adieu, Monsieur, j'en vais profiter à l'instant.
à part. C'est notre jeune Amant, je n'en fais aucun doute. *Il sort.*

SCENE III.

DAMON *seul*,

J'Ai le plaisir au moins de les mettre en déroute.
Le bon homme a saisi l'avis avec ardeur.

SCENE IV.

LA BARONNE, DAMON.

DAMON.

MAdame, vous sçaurez...

LA BARONNE.

Je suis toute en fureur.
Ma fille... Je n'ai pas la force de le dire...
Assoyons-nous de grace, il faut que je respire.

DAMON. *ils s'assoyent.*

Qu'a donc fait Marianne?

LA BARONNE.

Ah j'en mourrai je croi.

DAMON.

Vous m'effrayez beaucoup.

LE BARON.

Croiriez-vous Monsieur?...

DAMON.

Quoi ?

LA BARONNE.

Qu'elle vient de me dire, à moi qui suis sa Mere...
Oh je l'assommerois tant je suis en colere.

DAMON.

Qu'a-t'elle dit enfin, ne puis-je le sçavoir ?

LA BARONNE.

Que son pere ceans avoit un plein pouvoir.

DAMON.

Son Pere ? Quel blaspheme !

LA BARONNE.

Et qu'en Fille bien sage
Elle avoit résolu touchant son Mariage
De suivre ses avis & son intention.
Est-ce donc là le fruit de l'éducation
Que j'ai toûjours pris soin de lui donner moi-même?

SCENE V.

VALERE, LA BARONNE, DAMON.

VALERE.

Le voici justement, & ma joïe est extrême
De les trouver ensemble. Il faut les écouter.

DAMON.

Plus que jamais, Madame, il faut leur resister.

LA BARONNE.

De mon autorité je me verrois déchûë !
Un Mari m'osteroit la puissance absoluë !

DAMON.

Gardez-vous de souffrir un affront si sanglant,
Le Baron entre nous est un homme indolent.

LA BARONNE.

Que trop.

DAMON.

Depuis dix ans il radotte, & surpasse
Tous ceux....

LA BARONNE.

Depuis dix ans? Ah vous lui faites grace
Il radotte, Monsieur, du moment qu'il est né.

DAMON.

Jusques à ce moment vous l'avez gouverné,
Ce n'est que d'aujourd'hui qu'il veut faire le Maître;
Quoiqu'il s'y prenne mal, en effet, il croit l'être.

LA BARONNE.

Il croit l'être?

DAMON.

Il affecte un air de gravité,
Et vient de me parler d'un ton d'autorité...

LA BARONNE.

D'autorité?

DAMON.

Comment! il faut l'entendre dire.

LA BARONNE.

Que dit-il ce vieux fou?

DAMON.

Bon, il n'en faut que rire;

LA BARONNE.

Mais enfin.

DAMON.

Qu'il prétend vous matter à tel point,
Que même devant lui vous ne parlerez point.

LA BARONNE.

Je ne parlerai point? ô le plaisant visage.

DAMON.

Prétendre faire taire une femme si sage!

LA BARONNE *se levant avec fureur.*

Allons Monsieur, allons.

DAMON.

Où voulez-vous aller?

LA BARONNE.

Où? chercher mon Epoux & ne point déparler.
elle retombe dans le fauteuil. Je voy trop d'où lui vient une telle insolence.
Mes Enfans l'ont gâté par leur obéïssance;
C'est d'eux que vient l'affront qu'on me fait aujourd'hui.

DAMON.

Allez, je sçai qu'ils n'ont aucun respect pour lui,
Et cette obéïssance est une hypocrisie
Pour mener leurs desseins selon leur fantaisie.
Valere vous meprise, & vous l'avez gâté.
Pour moi d'un tel Ami je suis fort dégoûté.
Il adore Isabelle.

LE BARON,

Ah l'indigne!

DAMON.

Et je gage
Qu'il prétend malgré vous faire ce Mariage.
Il me l'a dit.

LA BARONNE.

Aimer une fille sans nom!

DAMON.

Cette fille de plus est fort sotte, dit-on;
Mais sotte glorieuse, & qui sous un air prude
Cache un humeur fort libre, un esprit aigre & rude,
Qui vous contredira du matin jusqu'au soir,
Et qui par ses grands biens prétendra vous valoir.

LA BARONNE.

Ah que l'humeur Bourgeoise est ici bien dépeinte!

DAMON.

Pour Marianne, il faut que j'en porte ma plainte,
Je l'aime, & ses défauts n'ont point trompé mes yeux,
C'est un esprit changeant, leger, capricieux,

Elle a fait voir tantôt son ame toute nuë,
Un Valet déguisé lui donne dans la vûë;
S'il étoit un Amant d'un étage plus bas,
Je pense que pour elle il auroit plus d'appas.

LA BARONNE.

Mais n'est-ce point plûtôt un Gendre qu'on suppose
Pour nous dépaiser? Examinons la chose.
Je soupçonne en ceci quelque dessein secret,
Lysette aura sans doute inventé ce projet,
Et mon Mari n'osant aller à force ouverte,
Ils sont tous de concert...

DAMON.

L'intrigue est découverte;
C'est cela justement.

LA BARONNE.

Je vous rejoins dans peu,
Je vais pourvoir à tout, & nous verrons beau jeu.

SCENE VI.

DAMON, VALERE.

DAMON.

Te voila! d'où viens tu?

VALERE.

J'écoutois.

DAMON *à part.*

Ah, qu'entens-je!

VALERE.

Vous nous avez à tous departi la loüange.
Le portrait d'Isabelle est d'un beau coloris,
Et celui de ma sœur m'a frapé, m'a surpris.
Tous vos coups de pinceau sont autant de miracles.

DAMON.

Comme de toutes parts on me fait mille obstacles...

VALERE.

De vos nouveaux sermens voila donc tout l'effet ?
Pour le coup nous romprons.

DAMON.

Comment donc ?

VALERE.

C'en est fait,
Je vais offrir ma main à l'aimable Isabelle.

DAMON.

Tu cherchois un prétexte à me faire querelle.
Le voila, je t'ai mis au comble de tes voeux.

VALERE.

C'est moi qu'il faut blâmer.

DAMON.

Le fait n'est point douteux,
Ton cœur me sacrifie à ce qu'il trouve aimable,
Et s'il n'aimoit pas tant je serois moins coupable.

VALERE.

Quoi vous osez encor ?...

DAMON.

Finissons, aussi-bien
J'apprehende l'effet d'un pareil entretien.
Contre moi vous formez une secrete ligue,
Mais nous aurons bientôt démêlé cette intrigue,
Malgré tous vos efforts, en dépit de ta sœur,
J'espere que bien-tôt j'en serai possesseur,
Puisque tout me trahit, mon Ami, ma Maitresse,
Plus de ménagement, plus de délicatesse.
Adieu Valere.

VALERE.

Adieu.

SCENE VII.

VALERE *seul.*

NOn non plus de retour,
Une telle amitié doit ceder à l'amour.

SCENE VIII.

VALERE, LYSETTE.

LYSETTE.

DAmon sort d'avec vous, il se plaint, il murmure;
Qu'est-ce qu'il s'est passé?

VALERE.

Lysette, je te jure
Que de lui pour jamais me voila dégagé.

LYSETTE.

J'entends: ce galand homme a reçû son congé.

VALERE.

Tu l'as dit. J'abandonne un ami de la sorte.

LYSETTE.

Il n'a donc qu'à chercher le chemin de la porte.
Tantôt en bonne forme, & tres-distinctement
Nous l'avons régalé du même compliment.
Si Madame pouvoit...

VALERE.

J'ai du credit sur elle,
Je la détromperai. Je cours chez Isabelle.
Et veux...

LYSETTE.

Pour la trouver vous n'irez pas bien loin,
Elle est chez votre Sœur. Nous avons pris le soin
De lui rendre visite, & l'avons amenée
Pour venir avec nous passer l'après-dînée.

VALERE.

Je voy bien que le Ciel la destine pour moi,
Et je lui vais offrir, & mon cœur, & ma foi.

SCENE IX.

LYSETTE, JAVOTTE.

JAVOTTE.

ENfin me voila seule avec vous, je respire.

LYSETTE.

Comment donc. Avez-vous quelque chose à me dire ?

JAVOTTE.

Ouy je veux vous parler sur l'état où je suis.
L'amour me cause bien du trouble & des ennuis.

LYSETTE.

Diantre !

JAVOTTE.

Vous me voyez dans une peine extrême.
Je suis jalouse.

LYSESTE.

Oh oh ! de qui donc ?

JAVOTTE.

De vous-même.
Tantôt en me parlant vous m'avez plû d'abord,
Mais je suis sur le point de vous haïr bien fort.

LYSETTE.

L'aveu n'est point fardé. D'où viendroit cette haine?

JAVOTTE.

Perfide ! vous m'avez enlevé la Fontaine:
Je le cherche par tout, mais en vain, & je voy...

LYSETTE.

Quoi donc ? Suis-je obligée à vous le trouver moy ?

JAVOTTE.

Sans doute, & vous sçavez selon toute apparence....

LYSETTE.

Il est vrai que tantôt il m'a fait confidence...

JAVOTTE.

Le fripon ! Il vous aime. Ah je l'ai bien prédit !
Ecoutez, je suis bonne, & j'ai fort peu d'esprit;
Mais quand on veut m'ôter quelqu'un qui ma sçû plaire,
Pour soutenir mes droits je suis fille à tout faire.
Allons expliquons-nous. Vous aime-t'il ou non ?

LYSETTE.

Vous le sçaurez tantôt.

JAVOTTE.

Oh parlons tout de bon.

LYSETTE.

Je croi qu'elle s'échauffe.

JAVOTTE.

Ouy merci de ma vie,
Il ne sera pas dit...

LYSETTE.

Ecoutez donc ma mie
Je me fâche à la fin.

JAVOTTE.

Oh tant qu'il vous plaira.
Nous aimons la Fontaine, il faut voir qui l'aura.
Commençons s'il vous plait par fermer cette porte.

LYSETTE.

Elle a perdu l'esprit.

JAVOTTE.

Ouy l'amour me transporte.
Ce garçon-là m'a plû, je l'aurai mort ou vif.

LYSETTE.

Puisque vous le prenez d'un ton si décisif,
Et que sans vous combatre on n'y sçauroit prétendre,
Où vous le trouverez vous pouvez le reprendre.
Je n'y prétends plus rien.

JAVOTTE.

Ne me trompez-vous pas?

LYSETTE.

Non ma foi.

JAVOTTE.

Sur ce pied je mets les armes bas.
Touchez là, je vous jure une amitié sincere.

SCENE X.

MARIANNE, ISABELLE, VALERE, LYSETTE, JAVOTTE.

LYSETTE.

De quoi s'agit-il donc?

LYSETTE.

D'une importante affaire,
Javotte vient ici de me faire un appel,
Il n'a tenu qu'à moi de me battre en duel.

VALERE.

Tu railles.

LYSETTE.

Point. La chose étoit fort serieuse,
D'un jeune adolescent Javotte est amoureuse,
Elle a cru qu'il m'aimoit, & poussé sa valeur
Jusques à me forcer à lui ceder son cœur.

ISABELLE

ISABELLE.

Quel eſt donc cet Amant ?

LYSETTE.

M. de la Fontaine.

ISABELLE.

Le Valet de mon frere ?

VALERE.

Il en vaut bien la peine.
C'eſt un joli garçon, ma Sœur, l'avez-vous vû ?

MARIANNE.

Ouy mon frere.

VALERE.

Son air, ſes manieres m'ont plû.

MARIANNE.

Il me plaît fort auſſi.

LYSETTE.

Voyez la ſympathie.
Et moi qui parle moi, je l'aime à la folie.

ISABELLE.

Il merite en effet...

LYSETTE.

Diſons cela tout bas,
Javotte eſt en fureur, & feroit du fracas.

VALERE

Laiſſons ce badinage, & parlons d'autre choſe,
Madame accepte enfin l'hymen qu'on lui propoſe,
Je touche au doux inſtant qui doit combler mes vœux,
Lyſette, ſi ma Sœur veut bien me rendre heureux.

LYSETTE.

Il s'agit d'épouſer le frere de Madame ?

VALERE.

C'eſt le prix qu'elle met au bonheur de ma flâme ;
Mais ma Sœur ſe refuſe à nos communs ſouhaits.

LYSETTE.

Dame écoutez, chacun ſonge à ſes interêts,
Vous avez vos raiſons, & nous avons les nôtres.
Mais il faut accorder les unes & les autres,

Et voici votre Pere avec qui nous verrons
De quel bruit en ceci nous nous ajusterons.

SCENE X.

LE BARON, LE MARQUIS, MARIANNE, ISABELLE, VALERE, LYSETTE, JAVOTTE.

LE BARON *au Marquis.*

OUy, tout ce qu'il m'a dit a beaucoup d'apparence,
Et l'on peut.....

LE MARQUIS.

J'en conçois quelque foible esperance,
Mais ne nous flattons point, & tâchons de sçavoir...

MARIANNE *appercevant le Marquis.*

Ah Lysette!

LYSETTE.

Quoi donc?

MARIANNE.

Je suis au desespoir.
Tout est perdu. Je voy le pere de Leandre.

VALERE *à Lysette.*

Que craignez-vous ma Sœur?

LYSETTE.

Ah vous allez l'apprendre.

LE BARON *au Marquis.*

Voici ma fille.

LYSETTE *à Marianne.*

Il faut user d'adresse ici.
Laissez-moi, s'il vous plait, menager tout ceci.

LE MARQUIS *au Baron.*

Je n'ose l'aborder.

MARIANNE.

Que-je crains sa presence ;

ISABELLE *à Javotte.*

Du trouble où je les vois que faut-il que je pense ?

LE BARON.

Approchons.

LE MARQUIS *à Marianne.*

Vous voyez un Pere malheureux
Dont l'injuste caprice a traversé vos vœux ;
Mais si le repentir peut adoucir la haine,
Vous devez m'excuser & terminer ma peine.
Contre moi vos appas ont revolté mon fils.
Il me craint, il me fuit : Je n'en suis point surpris.
Qui vous aime une fois doit vous aimer sans cesse.
J'approuve que mon Fils vous marque sa tendresse,
Qu'il abandonne tout pour vous chercher ici ;
Mais de son sort au moins que je sois éclairci ;
C'est de vous seulement que je pourrai l'apprendre.

LE BARON.

Ça ma Fille, parlez, avez-vous vû Leandre ?

MARIANNE.

Je pourrois...

LYSETTE.

Doucement. Qu'avez-vous resolu ?
Nous avons vû Leandre, & ne l'avons pas vû.

LE BARON.

Que veut dire cela ?

LYSETTE.

La chose est toute claire
Si Monsieur avec nous veut entrer en affaire,
Nous avons vû Leandre, & nous le ferons voir,
Mais s'il veut contre nous user de son pouvoir,
Nous ne l'avons pas vû, n'est-il pas vrai Madame ?

LE MARQUIS.

Vous me voyez tous prêt à couronner sa flâme,
Et je serai, Madame, au comble de mes vœux,

Si l'on veut consentir à vous unir tous deux.

LYSETTE.

Point de surprise au moins.

LE MARQUIS,

Vous verrez par l'issuë..

LYSETTE.

Il viendra donc bientôt s'offrir à votre vûë,
Et dès qu'il apprendra ce doux consentement,
Vos yeux seront témoins de son ravissement.

LE MARQUIS.

Qu'on le cherche, de grace,

LYSETTE.

Il n'est pas loin. Peut-être
Viendra-t-il de lui-même. Il est avec son Maître.

LE MARQUIS.

Son Maître?

LYSETTE.

Ouy vraiment, c'est un fort bon Valet,
Monsieur de Richesource en est tres-satisfait.

ISABELLE.

Que dit-elle?

LYSETTE *à Isabelle.*

Sçachez pour vous tirer de peine
Que le Fils de Monsieur est votre la Fontaine.

ISABELLE.

Quoi, se faire Valet?...

LYSETTE.

Ouy Valet pour l'amour;
Allez vous l'allez voir plus beau que le beau jour.

JAVOTTE.

Vraiment me voila bien.

LYSETTE *au Marquis.*

Tenez voici Javotte,
Qui prétend l'épouser.

JAVOTTE.

Je ne suis pas trop sotte.

SCENE XII.

Les Acteurs cy-dessus,

RICHESOURCE, LEANDRE.

RICHESOURCE *au Baron.*

Serviteur. Le Cousin vient paroître à vos yeux,
Et si vous l'honnorez d'un accueil gracieux,
Nous chasserons Damon, ou je me donne au diable.

LEANDRE *au Baron.*

Mon Cousin m'a flaté d'un accueil favorable,
Et je viens vous marquer...Ah Ciel.

LE MARQUIS.

Me fuyez-vous?
Leandre, mon cher Fils.

LEANDRE.

Puisque d'un nom si doux
Vous m'honorez encor, il m'est permis, mon Pere,
D'esperer de fléchir enfin votre colere; *il se jette à ses genoux.*
En faveur de l'amour j'implore vos bontez,
Sans lui j'aurois toujours suivi vos volontez;
Mais s'il a fait le crime, il vous demande grace.

LE MARQUIS.

Le crime est pardonné, votre respect l'efface,
Embrassez-moi mon Fils.

RICHESOURCE.

Que veut dire ceci?

LE BARON.

On va vous expliquer tout ce mystere ci.

Mais, Monsieur le Marquis, puisque sans repugnance
Vous voulez avec nous conclure une alliance...

RICHESOURCE.

Son Pere est un Marquis. je n'y comprends plus rien.

LYSETTE.

Jusqu'à ce moment, l'affaire tourne bien.

LEANDRE *à Richesource.*

J'adorois Marianne, & j'avois sçû lui plaire,
Au bonheur de mes feux mon Pere étoit contraire,
Pour rompre un autre hymen qu'il m'avoit proposé
Sous l'habit de Valet je me suis déguisé,
Pardonnez-moi, Monsieur, cette feinte innocente,
Et daignez...

RICHESOURCE.

Par ma foi la chose est trop plaisante;
Et me réjoüit trop pour en être offensé.
D'ailleurs je suis content si Damon est chassé.

LE BARON.

C'est ce que je voudrois du meilleur de mon ame;
Mais pour y réussir il faut gagner ma femme;
J'espere avec le temps que nous serons d'accord,
Du moins j'y veux tâcher par un nouvel effort;
Mais si j'y réussis, Valere aime Isabelle,
Voudrez-vous consentir qu'il s'unisse avec elle?

RICHESOURCE.

C'est trop d'honneur pour nous, j'approuve ce dessein,
Si la Baronne y taupe, on conclura demain.

SCENE XIII.

Les Acteurs de la Scene précedente.

LA BARONNE

Je me réjoüis fort de vous voir tous ensemble,
Et je vois à peu prés quel sujet vous assemble.

LE BARON.

Vous verrai-je toûjours traverser mes desseins?

LA BARONNE.

Au contraire, je viens pour y donner les mains,
Et pourvû que Damon ne soit point notre Gendre,
J'approuve tout le reste.

LE BARON.

Oh oh! Peut-on apprendre
Quel motif cause en vous un si prompt changement?

LA BARONNE.

Cette Lettre en fait voir le premier fondement,
Elle va vous causer une juste tristesse.
Lisez mon Fils, elle est de ma Sœur la Comtesse.

VALERE *lit.*

Plusieurs personnes de mes Amies viennent de m'avertir, ma Sœur, des bruits affreux que Damon a repandus dans le monde, tant par ses discours, que par des Vers qui me deshonorent, & que je vous envoye, sur l'amitié que j'ai toujours eüe pour Valere mon Neveu, & sur les dispositions que j'ai faites en sa faveur: J'en suis tellement saisie, que je n'ai pas la force d'aller chez vous; mais je vous avertis d'avance, que s'il épouse ma Niece, & que si Valere ne rompt pas avec lui pour toujours, j'ai resolu de le priver de ma succession.

LA BARONNE.

Ce n'est pas tout encor, il m'attaque aussi moy,
Et je ne puis cacher l'avis que j'en reçoy.

Je viens de voir ici la femme de Clitandre,
Qui par divers écrits qu'elle vient de me rendre,
Et par divers témoins m'a prouvé clairement
Que Damon de nous tous médit également.
au Baron. Il publie à la Cour aussi-bien qu'à la Ville
Que vous n'êtes qu'un sot & qu'un vieux imbecile;
S'il n'eût fait que cela, le mal seroit petit;
Mais, dire que je suis un dangereux esprit,
Que je l'aime; & qu'afin qu'il soit dans ma Famille,
Et pour cacher mon jeu je lui donne ma Fille.
Ah! c'est un trait si noir, qu'il n'est point de danger
Où je ne m'exposasse afin de m'en vanger.

LE BARON.

Vous voyez à present qu'une mauvaise langue...

LA BARONNE.

Vous allez commencer quelque sotte harangue.

SCENE DERNIERE.

Tous les Acteurs de la Scene précedente,

DAMON.

LA BARONNE *à Damon.*

AH vous voila Monsieur.

LE MARQUIS *la retenant.*

Madame, croyez-moy,
Il sera trop puni de tout ce que je voy.
Et pour votre vangeance il suffit qu'il apprenne
Qu'il perd votre amitié, que vous fuyez la sienne,
Que Leandre mon fils qui paroit devant lui
A sçû plaire à Madame. & l'épouse aujourd'hui.

LE BARON.

Point d'explication. Pour terminer l'affaire
Suivez-moi, je vais faire avertir mon Notaire,

Et par un double hymen que nous approuvons tous,
Nous comblerons les vœux de ces jeunes époux.

I. sort avec le Marquis, Leandre & Marianne.

DAMON *à la Baronne.*

Quel est donc ce discours, & que veut-on m'apprendre?

LA BARONNE.

Allez le demander à votre Ami Clitandre,
A sa Femme, à mon Frere, enfin à tout Paris;
Et de ce changement vous serez peu surpris.

DAMON.

Je vous l'ai déja dit, chacun ici conspire
Pour vous tromper, Madame, afin de me détruire.
Jamais....

LA BARONNE.

Il n'est plus temps de tenir ce discours,
Et je vous dis adieu, s'il vous plait, pour toûjours.

Elle sort.

RICHESOURCE.

Adieu, noble Marquis. *Il s'enfuit.*

VALERE *emmenant Isabelle.*

Je plains votre disgrace;
Mais, accusez-vous seul de tout ce qui se passe.
Heureux si ce revers qui doit vous affliger,
D'un panchant odieux pouvoit vous corriger!

JAVOTTE.

Bonjour, Monsieur Damon.

LYSETTE *lui faisant une profonde reverence.*

Je suis votre Servante.

DAMON *la retenant.*

Tu me crois affligé; mais contre ton attente
Apprends que tout ceci ne me fait nul dépit.
Valere n'est qu'un fat, je l'ai toûjours bien dit.
Son Pere est moins que rien. Pour Madame sa Mere,
Je ne suis point surpris de la voir en colere;
Car je n'en ai rien dit qu'il ne soit très-constant.
Marianne a besoin d'un Mari complaisant.

Je n'étois pas son homme : ainsi loin qu'on m'outrage,
Mon front quand je la perds se sauve du naufrage.

LYSETTE.

Si vous êtes content, nous le sommes donc tous ;
Mais faites-nous l'honneur de n'entrer plus chez-nous.

Fin du cinquiéme Acte.

APPROBATION.

J'Ai lû par l'ordre de Monseigneur le Chancelier, la Comédie *du Médisant*, dont j'ai trouvé le caractere très-bien soûtenu ; & je crois que l'Impression de cet Ouvrage ne sera pas moins utile, qu'agreable au Public. Fait à Paris, ce vingt deuxiéme Février 1715.

DANCHET.

PRIVILEGE DU ROY.

LOUIS par la grace de Dieu, Roy de France & de Navarre : A nos amez & féaux Conseillers, les Gens tenans nos Cours de Parlement, Maîtres des Requêtes ordinaires de notre Hôtel, Grand Conseil, Prevôt de Paris, Baillifs, Sénéchaux, leurs Lieutenans Civils, & autres nos Justiciers & Officiers qu'il appartiendra : SALUT. Notre amé le Sieur NERICAULT DESTOUCHES nous ayant fait remontrer qu'il desireroit faire imprimer *les Pieces de Théatre de sa composition*, s'il nous plaisoit lui accorder nos Lettres de Privilege sur ce necessaires ; Nous avons permis & permettons audit Exposant par ces Presentes, de faire imprimer lesdites Pieces de Théatre en telle forme, marge, caractere, & autant de fois que bon lui semblera, par tel Imprimeur & Libraire qu'il voudra choisir, & de les faire vendre & débiter par tout notre Royaume pendant le temps de huit années consécutives, à commencer du jour de la datte d'icelles. Faisons défenses à toutes sortes de personnes de quelque qualité & condition qu'elles soient, d'en introduire d'Impression étrangere en quelque lieu de notre obéissance ; & à tous Imprimeurs, Libraires & autres, d'imprimer, faire imprimer, vendre & contrefaire lesdites Pieces en tout ni en partie, sous quelque prétexte que ce soit, sans la permission expresse & par écrit dudit Exposant, ou de ceux qui auront droit de luy, à peine de confiscation des Exemplaires contrefaits, de quinze cent livres d'amende contre chacun des contrevenans, dont un tiers à l'Hôtel-Dieu de Paris, un tiers au Dénonciateur, & l'autre tiers audit Exposant, & de tous dépens, dommages & interêts ; à la charge que ces Presentes seront enregistrées tout au long sur le Registre de la Communauté des Imprimeurs & Libraires de Paris, & ce dans trois mois du jour & datte desdites Presentes : Que l'Impression desdites Pieces sera faite dans notre Royaume, & non ailleurs, & ce conformément aux Reglemens de la Librairie ; & qu'avant de l'exposer en vente, il sera mis deux Exemplaires dans notre Bibliotheque publique, un dans notre Château du Louvre, & un dans celle de notre très-cher & féal Conseiller-Chancelier de France le Sieur Phelypeaux, Comte de Pontchartrain, Commandeur de nos Ordres ; le tout à peine de nullité des Presentes, du contenu desquelles vous mandons & enjoignons de faire joüir & user ledit Exposant, ou ses ayant cause, pleinement & paisiblement, sans souffrir qu'il leur soit causé aucun trouble ou empêchement. Voulons que la copie d'icelles qui sera imprimée au commencement ou à la fin desdites Pieces, soit tenuë pour bien & dûëment signifiée ; & qu'aux copies collationnées par l'un de nos amez & féaux Conseillers & Secretaires, foi soit ajoûtée comme à l'original. Commandons au premier notre Huissier ou Sergent, de faire pour l'execution des Presentes tous Actes requis & necessaires, sans autre permission, nonobstant Clameur de Haro, Charte Normande, & autres Lettres à ce contraires : CAR tel est notre plaisir. DONNE' à Versailles, le quinziéme jour de Janvier l'an de grace mil sept cent treize, & de notre Regne le soixante-dix. Par le Roy en son Conseil, DE LA VIEUVILLE.

Il est ordonné par Edit de Sa Majesté de 1686. & Arrêt de son Conseil, que les Livres dont l'Impression se permet par chacun des Privileges, ne seront vendus que par un Libraire ou Imprimeur.

Registré sur le Registre N° 5. de la Communauté des Libraires & Imprimeurs de Paris, pag. 650. N° 607. conformément aux Reglemens de la Librarie, & notamment à l'Arrêt du 13. Aoust 1705. Fait à Paris, le 21. Janvier 1713.

L. JOSSE, Syndic.

Et ledit Sieur NERICAULT DESTOUCHES a cedé son droit du present Privilege audit Sieur LE BRETON, suivant l'accord fait entr'eux.

www.ingramcontent.com/pod-product-compliance
Lightning Source LLC
LaVergne TN
LVHW020324230826
846091LV00003B/761

9782329399515